Desaparecer

PERCURSOS LITERÁRIOS DE SOL A SOL

Desaparecer

Maria Stepánova

Tradução de Irineu Franco Perpetuo

Esta obra foi publicada originalmente em russo com o título "Фокус" por Rassvet Books.
© Maria Stepanova 2024.
© Suhrkamp Verlag Berlim 2024.
Todos os direitos reservados e controlados por Suhrkamp Verlag, Berlim.
© 2025, Editora WMF Martins Fontes Ltda., São Paulo, para presente edição.

Todos os direitos reservados. Este livro não pode ser reproduzido, no todo ou em parte, armazenado em sistemas eletrônicos recuperáveis nem transmitido por nenhuma forma ou meio eletrônico, mecânico ou outros, sem a prévia autorização por escrito do editor.

1ª edição 2025

Poente é um selo editado por Flavio Pinheiro

Tradução: Irineu Franco Perpetuo
Acompanhamento editorial: Diogo Medeiros
Preparação: Marina Darmaros
Revisões: Fernanda Lobo e Isadora Prospero
Produção gráfica: Geraldo Alves
Projeto gráfico: Gisleine Scandiuzzi
Paginação: Ricardo Gomes
Capa: Nick Teplov

Dados Internacionais de Catalogação na Publicação (CIP)
(Câmara Brasileira do Livro, SP, Brasil)

Stepánova, Maria
    Desaparecer / Maria Stepánova ; tradução Irineu
Franco Perpetuo. -- São Paulo : Poente, 2025.

    Título original: Фокус
    ISBN 978-65-85865-09-8

    1. Ficção russa I. Título.

25-252582   CDD-891.7

Índice para catálogo sistemático:
1. Ficção : Literatura russa   891.7

Eliane de Freitas Leite - Bibliotecária - CRB 8/8415

Todos os direitos desta edição reservados à
Editora WMF Martins Fontes Ltda.
Rua Prof. Laerte Ramos de Carvalho, 133 01325-030 São Paulo SP Brasil
Tel. (11) 3293-8150 e-mail: info@wmfmartinsfontes.com.br
http://www.wmfmartinsfontes.com.br

1.

No verão de 2023, a grama continuava a crescer como se nada acontecesse: como se isso fosse necessário, crescia ela, a grama, como se tivesse em mente demonstrar pela enésima vez que, quanto mais matassem na superfície da terra, ela tencionava persistir em seu desejo de brotar desta terra. Sua cor era, talvez, mais baça do que de hábito, e ela privou-se quase imediatamente da candura leitosa dos primeiros dias, mas isso não a incomodava. Pelo contrário, a escassez de água forçou-a a se aferrar ao solo com ainda mais força e disparar para cima com brotos largos, que se ressecavam antes ainda de chegarem ao seu limite.

No verão de 2023, foi registrado o dia mais quente de todos os vividos pelo planeta Terra na história da observação humana. Seria de se pensar que isso tenha acontecido assim: gerações de cientistas liliputianos grudaram em seu corpo gigantesco, tirando-lhe a temperatura dia e noite, verificando a perspiração que surgia na testa e notando com satisfação as partes do corpo que estavam mais frescas. Anotaram tudo isso em um diário, encontrando, pelo visto, consolo no fato de que a adormecida respirava com regularidade, de que os acessos extraordinários de calor e frio rapidamente eram substituídos pelo que se podia considerar uma temperatura normal, e que seus cabelos e unhas também estavam em ordem – o quanto podiam estar em um ser que já havia muito, muito tempo estava deitado imóvel e permitia fazer consigo o que quisessem. É possível que mentalmente ela já tivesse passado muito tempo antes para um outro estado, no qual nós não lhe causávamos nem preocupação, nem raiva – e se considerasse, por exemplo, uma estrela perfurada pelo fogo e extinguindo-se aos poucos. Ou uma dobra de tecido, que não tem traço nem limite e, por isso, é indiferente a tudo, como uma cortina teatral no escuro. Ou pode até ser que ela se divertisse com a ideia de não esperarmos dela nada de novo, contando com as entregas diárias e anuais de leite e mel, como crianças que vão de manhã à cozinha sabendo que são aguardadas para o café da manhã. Estão ali, a bocejar, esperando que a mãe coloque diante delas cuias brancas com iogurte e *corn flakes* – e o que é que acontece se botarem lá escorpiões, moscas tiradas do esterco, larvas em movimento? E se ligarem todos os aquecedores, de modo que fique impossível respirar na cozinha, e deixarem entrar pela janela uma chuva de sapos que bateriam no vidro e começassem uma caça aos primogênitos? É possível distrair-se com essa brincadeira por muito tempo, mas ela deve começar com mudanças minúsculas, com a grama que murcha antes do tempo, com os trens que de repente desaprendem a andar no horário e irão ora atrasar-se por longo período, ora por algum motivo precipitar-se adiante com velocidade exagerada e depois estacar em campo aberto, esperando até ser possível chegar ao destino.

Exatamente nesse trem encontrava-se naquele dia uma escritora com o nome de M., calculando chegar ao lugar de destino depois do horário, de modo que os campos amarelados na janela, a redinha presa no encosto da poltrona – onde alguém já colocara uma lata vazia de Coca-Cola, que ali ficara – e o ocupante da poltrona vizinha eram mensageiros do atraso, sem o qual não poderia passar. Os trens agora comportavam-se como se fossem seres vivos que não careciam de cuidados, e devia-se apenas ter esperança em sua boa vontade, vagamente distinta da humana. E de repente também havia muito menos cabineiros, de modo que quem quisesse poderia viajar para bem longe sem apresentar o bilhete, como se isso não fosse da conta de ninguém. Mas a escritora M. ia de um país para outro, calculando de forma confiante que, se não fosse esse trem, um outro a levaria para onde precisava. Ademais estava abastecida do bilhete, de um lugar cuidadosamente reservado e de um sanduíche vegetariano comprado na estação, em um bom quiosque, onde o pão é fresco e o café, forte. Ouvira em algum lugar que, para criar um hábito sólido e bem estabelecido, era suficiente repetir a mesma e única ação doze vezes. Você vai, por exemplo, à noite, depois do trabalho, a um café com vista para o rio e toma lá uma taça de vinho branco, sem fazer nada de especial, porém, na décima terceira vez, o hábito emerge à superfície, como a fuça de uma foca saindo da água, e você se transforma em uma outra pessoa, nova – aquela que se senta lá todo dia, sem saber por quê, mas esperando que, junto com o gole de vinho, apareçam na boca palavras úteis para a vida nova.

No fim das contas, pensava às vezes M., dizem que o corpo humano tem o hábito de a cada sete anos trocar todas as suas células por novas, de modo que ao cabo de cada sete anos você acorda como alguém diferente sem reparar em absoluto, e apenas por inadvertência continua a se considerar um ser conhecido e previsível. Por outro lado, continuava a pensar, olhando irritada pela janela, dando as costas ao vizinho com seu jornal largamente aberto, seria possível considerar esse comportamento do corpo um hábito genuíno se, na maioria dos casos, ele não conseguia substituir suas células por doze vezes seguidas?

Na décima terceira vez, calculava M., você estará com 97 anos, uma façanha rara para um organismo humano, e nessa idade a pessoa tem que se tornar outra coisa a contragosto, um punhado de cinzas em uma lata ordinária ou uma gaveta com um conteúdo no qual não se deseja pensar.

Mas, na estação principal, ela realmente conseguira estar pela décima segunda e pela décima quarta vez. Queria dizer que seu desejo de ocupar um lugar atrás dos outros viajantes matinais que formavam fila para o café e pacotes de papel com algo quente e comestível, ademais exatamente naquele quiosque, e não no vizinho, podia já ser considerado não um capricho, mas um hábito, e ela mesma, uma mulher que sabia o que quer e que, com mão ousada, botava o copinho de papelão de café em um pegador especial para não queimar os dedos e o cobria com uma tampa do tamanho certo. Para a escritora M., que morava naquela cidade havia pouco tempo, a precisão de movimentos e o conhecimento de sua trajetória futura (para baixo, no subterrâneo, na quinta via se for para o norte, na primeira se for para o sul) tinham agora especial importância e como que asseguravam-lhe que ela tinha um lugar no trem que a esperava, no caminho até ele, e na nova vida, na qual ainda não tivera tempo de ajeitar-se plenamente.

Aliás, a julgar pelo número de vezes que ela tivera que partir para trabalhar como escritora em outras cidades e países, e depois voltar de lá, tirando da prateleira a maleta leve em um movimento, ela na verdade tinha um lugar nesta vida – e até uma série de lugares, em cada um dos quais as pessoas queriam interrogá-la sobre os livros que escrevera outrora e, depois, com interesse ainda maior, finalmente fazer perguntas sobre o país de onde viera. Esse país agora travava uma guerra contra um outro, vizinho, assassinando seus habitantes com armas de fogo, com o fogo dos céus, com as próprias mãos, e não conseguia vencer de jeito nenhum, nem conformar-se com o fato de que o outro não se deixaria deglutir. Às vezes, e com muita frequência, ele achava tempo para também assassinar os próprios moradores que, pelo visto, pareciam-lhe seus próprios órgãos – ensandecidos, perigosos, distraindo-o da caça e da alimentação. A cidade estrangeira em que M. agora morava estava cheia de pessoas fugidas de ambos os países combatentes – e aqueles que tinham sido atacados por seus conterrâneos olhavam para os ex--vizinhos com horror e suspeita, como se a vida anterior, de antes da guerra, fosse qual fosse, tivesse parado de significar algo e apenas mascarasse o parentesco com uma besta que continuava a comer avidamente.

Muitos dos moradores locais desejavam, naturalmente, saber mais sobre a besta, não apenas para se resguardar de sua goela repulsiva, mas também porque grandes predadores sempre interessam a nós, herbívoros, que temos dificuldade de explicar a nós mesmos de onde vem a violência e como ela funciona. Eles interrogavam a escritora M. a respeito de seus hábitos com uma simpatia tensa, como se ela também tivesse sido mordida e até parcialmente roída, e apenas por acaso tivesse ficado deitada na grama, em relativa integridade. Alguns queriam entender como foi que a besta até agora não tinha sido morta ou devorado a si mesma em sua avidez incessante, e insinuavam que M. e as pessoas que ela conhecia em seu país deveriam ter tomado medidas oportunas muito antes de ela ter crescido e começado a comer a todos.

M. estava completamente de acordo com isso, mas tinha alguma dificuldade de explicar a seus interlocutores que a própria natureza da besta tornava difícil caçá-la ou combatê-la. A besta, vejam, não estava à minha frente nem atrás de mim, ela poderia dizer, sempre se encontrara ao meu redor – a um ponto que levei anos para reconhecer que morava dentro da besta, e talvez nascera nela. Lembram-se do conto, prosseguia ela em silêncio, em que o velho e o menino de madeira estão sentados diante do coto de uma vela de sebo dentro de um monstro marinho? Eles possivelmente podiam causar-lhe alguma perturbação – por exemplo, pular dentro de sua barriga, ou até botar fogo nele. Mas a questão é que a disparidade de tamanho não possibilita infligir qualquer dano significativo, muito menos acabar com ele; tudo o que se pode esperar é que em algum momento ele comece a enjoar e que você, sem entender, apareça do lado de fora e pela primeira vez consiga ver nitidamente que o cômodo em que passou tantos anos era na verdade uma barriga. Acontece que eu mesma era parte da besta, ainda que engolida por acaso ou emergindo ali por engano – e entendo bem que isso prejudique minha experiência e a narrativa não suscite confiança. Mas, se necessário, estou pronta para prestar contas do mobiliário interior da criatura de dentro da qual saí recentemente para a terra firme.

2.

O lugar em que M. morava agora era abundante tanto em animais (incluindo aves, entre elas garças, voando baixo sobre a água do lago, de modo que era possível observar toda a perfeição de sua construção leve) quanto em pessoas que tinham, aparentemente, pouca noção do que se deve esperar dos animais. Certa vez, quando uma raposa local despedaçou um cisne local bem à vista das crianças que brincavam na grama da margem, condenaram seu descaramento à mesa comunitária, e alguém manifestou a opinião de que aquela conduta era inadmissível e era preciso fazer algo. Como exatamente reprimir a bestialidade inerente à raposa, M. não sabia, e absteve-se de participar da conversa, temendo demonstrar conhecimento demasiado íntimo dos costumes daqueles que devoram seres vivos sem se preocupar nem um pouco com aqueles que assistem àquilo a seu lado.

Aliás, havia ali também interlocutores que sabiam muito bem o que havia por trás daquilo e ficavam alertas. Certa vez, quando ela fumava um cigarro culpado em um banco camuflado por arbustos, do arbusto vizinho saiu uma pequena mulher grisalha e exigiu que M. explicasse o que estava fazendo ali. Ela parecia uma personalidade oficial, embora um pouco amassada, e trajava um uniforme bem ajustado, uma espécie de macacão brilhante com pequenas dragonas – e, de fato, sem demora apresentou uma identificação envolta em celofane, mas já levemente molhada devido à umidade local. Como resposta, além dos cigarros, não havia nada a mostrar, mas algo na figura da escritora, pelo visto, testemunhava sua credibilidade, e a dama de uniforme reconheceu nela uma possível aliada. Revelou que sua ocupação e preocupação era a guarda dos cisnes locais, que nadavam de lago em lago criando os filhotes e impressionando os transeuntes com sua grandeza titânica e brancura; ela não estava simplesmente sentada no arbusto, mas em guarda. Em suas palavras, não era uma solitária, mas parte de uma força terrível, a patrulha dos cisnes, que dia e noite monitorava os açudes – eram voluntários e ativistas que usavam o mesmo uniforme e ficavam acordados, de campana, esperando que alguém atentasse contra o bem-estar das gigantescas aves. Eles, os patrulheiros, eram quarenta ao todo, ela disse, e estufou o peito, fazendo ver o bolso transparente de plástico no qual conservavam-se ostensivamente penas de cisne de cor meio suja.

Algo na aparência de J. J., como a dama pedia para ser chamada, fazia pensar que ela na verdade não tinha qualquer colega e tinha que defender os lagos sozinha, por mais que se referisse aos amigos patrulheiros e a sua inevitável ajuda caso algo ocorresse. Ela lidava fácil com as raposas e sabia que não valia a pena oferecer-lhes comida de cachorro, mas que a de gato elas não recusavam; porém, aquilo de que mais gostavam no mundo era ovo cozido. As pessoas eram outra coisa, ela disse, e olhou para a escritora M. como se soubesse de algo. As pessoas roubam os ovos dos ninhos, sabe-se lá com que propósito – talvez realizassem rituais obscuros. Das pessoas pode-se esperar qualquer coisa, ela repetia, soturna. Há um mês encontramos na floresta dois bebês, *babies*, ela traduziu para o inglês – e cada um deles tinha uma porção de feridas de faca na região da barriga. Meu Deus, exclamou M., e o que vocês fizeram, chamaram a polícia? Não, disse a dama, com tristeza, eles já estavam completamente mortos, tivemos que enterrar. Duas criaturas lindas, mal tinham chegado à vida. M. voltou a encontrar J. J. várias vezes descrevendo círculos em torno do lago, ora de bicicleta, ora a pé, com um colete velho por cima do uniforme, e teve ímpetos de relatar-lhe que alguns dias antes vira um martim-pescador verde-azulado. Mas a outra foi inesperadamente severa com ela, como se tivesse descoberto algo novo sobre a humanidade, ou até sobre a própria escritora.

Os trens de longa distância sempre foram locais em que o ser humano volta e meia vê-se em proximidade inesperada do outro, ainda que de forma não tão apertada e penosa como na plataforma da estação ou no vagão do metrô. Lá, na multidão, você, em primeiro lugar, sabe que aquilo vai terminar logo e, em segundo, não divide o espaço com uma única pessoa, mas com várias cabeças similares entre si, de modo que ainda é preciso se esforçar para destacar alguém na multidão, olhar e pensar nele por mais de um segundo. É possível não fazer isso, empregando um olhar distraído especial, que registra exclusivamente distâncias e deslocamentos – milímetros de ar entre você e o ombro alheio, como eles se deslocam em movimento, e como a massa de pessoas começa a aglomerar-se na porta quando a parada já está quase, quase a aparecer à luz.

Não é assim nos trens, onde você sabe de antemão que, de repente, terá que passar horas lado a lado com quem está próximo. Claro que é possível ter esperança de que o vagão esteja vazio e a poltrona a seu lado também – então você consegue colocar lá a bolsa e o casaco, como se possuísse aquilo por direito, e sentir-se protegida, como se fechasse a cortina e ninguém além do cabineiro tivesse direito de espiar seu esconderijo. Aí é possível aboletar-se à vontade, como se ninguém tivesse nada a ver com isso – o que é verdade – e comer seu sanduíche de abacate e pepino, tomando água e sem tirar a cara do livro, ou dormir esticando as pernas de lado, ou sentar-se, fitando os que a cercam com benevolência distraída, como se estivesse coberta com um capuz de invisibilidade e pudesse não se constranger e fitar todos nos olhos.

Um livrinho francês de que M. outrora muito gostara versava justamente sobre um capuz. M. naquela época tinha pouco mais de trinta anos, e a heroína do romance, cerca de cinquenta, e aquilo já era reconfortante, como um vestido de tamanho maior que o seu. Sucede que também aos cinquenta será possível modificar a própria vida a ponto de ficar irreconhecível, refazê-la de novo, de uma forma que você mesma não espera. Esta heroína certa vez foi dar junto à cerca de uma casa de subúrbio e viu, sob um lampião, seu marido beijando outra mulher, evidentemente mais jovem e capaz daquilo que chamam de despertar o desejo. Depois acontece o seguinte: a heroína espera o marido partir em viagem de negócios e, nesses poucos dias, vende a casa dos pais dela, onde eles moram, vende a mobília, o piano de cauda Bechstein, distribui roupas e livros, coloca em uma caixa as lâminas de barbear e a camisa do marido e despacha tudo para o lugar de trabalho dele – e ela mesma desaparece e já não é possível encontrá-la. Não usa cartões de banco, joga fora o telefone através do qual seria possível acompanhar seus deslocamentos e, por um caminho tortuoso, mudando de um ônibus para outro, vai até onde a vista alcança. A cada nova cidade ela se livra de suas roupas, muda a cor do cabelo ou o adorno da cabeça, vai cada vez mais longe. A única coisa que determina seu itinerário é a impossibilidade de escapar da Europa, pois na fronteira exigiriam que apresentasse o passaporte. Ela vê os lagos do norte, depois as ilhas mediterrâneas. Pouco a pouco, acostuma-se a um novo sentimento de segurança, que não requer ter uma casa, um apartamento, nem um teto sobre a cabeça. Agora, para se sentir protegida, basta-lhe uma fenda no rochedo que a abriga da chuva. Ou um capuz que pode ser baixado sobre os olhos. Ou as próprias pálpebras, que é possível cerrar e já não ver mais nada.

Quando a vida da própria escritora M. mudou, aliás sem qualquer participação e sequer resolução de sua parte, ela também estava perto dos cinquenta e continuava a esperar que em algum momento lhe bastaria fechar os olhos para se sentir em casa. Pelo visto, isso era mais difícil do que aquele livro descrevia: o capuz volta e meia recusava-se a ajudar, e havia um companheiro de viagem em seu trem que se acomodou na poltrona vizinha com o mesmo sentimento de desconforto contido que deve ser suportado a dois – e, nesses casos, ou você entabula uma conversa amistosa que rapidamente arrefece, ou imediatamente faz de conta que há uma barreira transparente a separá-los, através da qual o outro não é visto nem ouvido, e olha pela janela, como se lá houvesse algo de especial, de que é impossível tirar os olhos. Com um vizinho desses, claro que é possível comer um sanduíche vegetariano, mas sem qualquer prazer, porque o papel faz barulho, as migalhas caem na barra da sua roupa e tudo isso se torna um atentado contra o silêncio e o afastamento do outro.

O companheiro de viagem da escritora parecia viajar a trabalho, envergando, apesar do calor, um terno cinza que seria melhor usar nas dependências de um escritório com ar-condicionado – e era visível que o terno era apertado para ele e a viagem, longa. M., sem desviar os olhos da janela, na qual giravam moinhos de vento em colinas esbranquiçadas, cavalos postavam-se em cercados abertos olhando para algo sob as patas e, além, estendiam-se novos campos e plantações, fez uma estimativa da ocupação daquele homem. Por algum motivo, supôs que ele era um agente de seguros ou vendedor de ar-condicionado que ia, como ela, de cidade em cidade, de modo que aquilo havia tempos deixara de ser viagem. A melhor coisa que acontece em um dia como esse é o minuto em que ele entra no quarto de hotel, pendura o paletó no cabide de plástico e cai de costas, sem tirar as calças, na cama feita, de onde olha para o teto por pouco tempo e fecha os olhos. Depois tem que se levantar de alguma forma, colocar as calças no espaldar da cadeira de modo que não estejam amarrotadas de manhã, talvez descer ao bar do hotel para uma cerveja, ligar para casa e apagar a luz cedo. A vida de M. como era agora parecia-se muito à vida de seu companheiro de viagem, talvez com a diferença de que ela, ao entrar no hotel, primeiro desfazia sua maleta, tirando e sacudindo cada coisa antes de pendurar no armário, e empilhava os livros na escrivaninha, como se fosse ficar ali por muito tempo e utilizá-la em sua função. Decidira-o há um ano, e desde então continuava, mesmo que não tivesse que passar no quarto mais do que algumas horas noturnas; não tinha na cabeça nem sombra do sentido daquela imitação meticulosa de ordem, não se lembrava. Sua vida, por uma série de motivos, tinha agora um constante gosto salobro e precisava atulhá-la de uvas passas para deixá-la digestível: as mesmas e únicas ações, repetidas de forma inalterada, eram uma dessas uvas passas, assim como o hábito de prometer a si mesma algo não relacionado à causa da nova viagem – uma excursão, por exemplo, ao jardim botânico, com arbustos de rosas e canteiros de acônitos, ou até uma partida tardia após dormir até o meio-dia nos lençóis do hotel.

Se a escritora M. tivesse permissão de conversar com sua versão anterior, a uma distância de, digamos, 15 anos, não teria facilidade de se justificar. Do ponto de vista da jovem M., mudanças constantes de cidade em cidade, como a vida em terra alheia, seriam não simplesmente uma possibilidade inebriante de examinar, ver e reter na memória, mas também uma medida educativa que ela se empenhava em aplicar a si mesma. Ela não tinha uma grande opinião a respeito de si mesma, mas dava ao material disforme, como lhe parecia, a chance de crescer até virar algo melhor – e, se algo irritava-a em sua própria constituição, não era a soturna incompletude de sua educação e a falta de jeito em gestos e palavras decorrente dela, mas a lentidão. De uma forma lenta, insuportavelmente lenta, ela se tornava adulta e melhor, experimentando aos trinta e aos quarenta anos os assim chamados saltos de desenvolvimento, como um bebê de três anos, e não conseguia chegar de jeito nenhum a um ponto em que poderia dizer que trabalhava com toda a potência que lhe fora dada pela natureza. Ao trabalhar, ela mal entendia suas ocupações de escritora, que eram antes algo como marcas no umbral de madeira que você faz quando a criança completa, finalmente, quatro anos e tantos centímetros. Mas a capacidade de pensar, entender e tirar conclusões era importante para ela – e, como ela queria acreditar, aumentava com a idade, de modo que era possível supor que logo conseguiria chegar a algo razoável, especialmente caso se deslocasse pelo mundo, sem fechar olhos e ouvidos.

Mas, no último ano e meio, M. aparentemente parou absolutamente de crescer, como o feto que às vezes morre em um insuspeito ventre materno, e simultaneamente perdeu toda a fé na inteligência de seus juízos: eles se tornaram completamente rápidos, como o elástico no qual um macaco agitado e peludo fica pulando para cá e para lá, e resumiam-se a constatações simples, como a água é fria e o chá é quente, mas que eram demasiado fáceis de refutar. O principal era não permitir que esses breves pensamentos se cruzassem, pois daí começariam a faiscar e levariam a uma espécie de curta perturbação interna, como na escola, quando se dividia por zero.

Começando talvez com a besta e a guerra que se iniciara por causa dela. Houve uma época em que M. ainda controlava sua vida, ou achava que controlava e, nesse período, entender como a besta funcionava era para ela uma coisa de importância primordial. Para fazer isso, ela tinha algum conhecimento e certa quantidade de observação e tentava analisar o comportamento da besta e suas possíveis intenções – e a fera cresceu, pode-se dizer, paralelamente a ela, que mal tinha tempo de anotar. Não que M. considerasse essa questão sua ocupação principal, ah, não, ela então se interessava por coisas completamente diferentes – em sua maior parte, histórias alheias, que colecionava como selos, tentando colocá-las no papel unicamente de forma correta. A maior parte delas, deve-se dizer, já tinha relação direta com a besta; parecia então simplesmente que tudo aquilo era uma questão do passado e que em nossos tempos esclarecidos ninguém arrancaria a cabeça de alguém sem mais nem menos, ou isso aconteceria de forma bastante, bastante rara. M. lembrava-se de uma história que ouviu em uma companhia: uma moça sonhou que fora despachada pela família para a besta para ser devorada e todos estavam terrivelmente abalados. A mãe aconselhou-a levar a besta no bico até ela adormecer – pelo menos na primeira noite isso devia dar certo. Mas o mais estranho, disse a que sonhara, é que, quando vieram me buscar e me levaram à saída, entendi de repente que aí se encerrava o sentido de minha vida, seu plano secreto, se for encará-la sem babados e adjetivos, sem o perfil do Tinder e o diploma de filosofia. Deu-se que eu vim ao mundo para ser devorada – como o frango de corte de um aviário, que nasce em uma gaiola, anda sozinho e deixa o mundo congelado, depenado e embrulhado em celofane. Pelo visto, foi por isso que nem resisti, pois qual é o sentido de resistir à sua vocação elevada?

A M. de hoje, sentada em um trem que se aproximava da cidade de H., onde aguardava-a uma baldeação e mais um trem para seguir adiante, recordava esse episódio com nítida insatisfação. Seu próprio sentimento, do qual ela estava segura, como você fica segura com o corrimão da escada em sua mão até sair voando degraus abaixo, sem entender como e por que, ainda recentemente resumia-se à esperança infantil de que o universo de alguma forma cuidava de seu crescimento e educação. Ainda que lentamente, ainda que com atrasos e baldeações ferroviárias, ela avançava aos poucos para o cumprimento de certa tarefa, mesmo que isso apenas subentendesse uma insana construção sem alvará. Hoje ela de repente teve a impressão de que este longo processo de crescimento e nutrição lembrava-lhe um aviário ou curral, onde você é amorosamente aperfeiçoada até adquirir o peso necessário. Acostumara-se a considerar a si própria como um *work in progress*, e não como uma colegial no primeiro frescor, à espera ora do baile de formatura, ora do casamento exitoso. Mas a ideia de que tudo acabaria em uma carcaça cortada e embalada era muito mais evidente. Qual a diferença, quem exatamente prepara você para o final, a besta que você seguiu do esconderijo ou uma outra, cujas dimensões significativamente superam as dela: o resultado derradeiro estava diante dos olhos de forma plenamente nítida, e tudo que ela queria era se fingir de morta e ficar assim imóvel por muito tempo.

3.

A uva passa, bem grande, que aguardava M. naquele trem era o próprio caminho: mais um trem devia levá-la da cidade de H. para outro país pacífico, e a viagem era longa, seis horas de permanência tranquila no vagão que prometiam pleno desligamento do tempo. Nesse período, por nada no mundo, ninguém tem o direito de acionar um botão invisível e convocar você para uma conversa. Por algum motivo, convencionou-se considerar, e isso é um grande bem, que uma pessoa ocupada com um deslocamento está realizando um trabalho que exige concentração profunda: no dia em que você está viajando, tem o pleno direito de não responder a ligações e mensagens, como se estivesse em uma cápsula opaca com o cartaz de "não perturbe" e distraí-la do movimento fosse algo indecoroso.

M. calculava aproveitar esse gorro da invisibilidade, sem saber se conseguiria. Ela era agora escritora só no nome, pois não escrevia nada, nem se preparava para isso. Mais precisamente, virava escritora de tempos em tempos, via de regra no fim da viagem da vez, quando os leitores se reuniam e se acomodavam para vê-la e falar com ela. Nem todos eram seus leitores, isto é, gente que tinha lido seus livros e queria indagar sobre eles, mas todos, indiscutivelmente, pertenciam à população daqueles que amam e entendem as letras dispostas no papel na ordem necessária e consideram que a conversa com o autor abre uma espécie de porta na parede do papel. No país em que M. agora vivia, isso era até um certo tipo de tradição. Se lá onde ela nascera iam aos serões literários majoritariamente aqueles que já conheciam seus textos e queriam ouvir como ela os lia, ou o que dizia a esse respeito, aqui o encontro com o autor era uma espécie de triagem da noiva – as pessoas iam quase às cegas, guiadas pela estranha esperança de que a criatura detrás da mesinha baixa com duas garrafas de água, de alguma forma, faria que elas a amassem, diria ou faria algo que lhes daria vontade de comprar sem demora seu livro e entrar em uma conversa isolada e sem intermediários com suas palavras. Às vezes era isso que sucedia, mas M. gostava de como mulheres e homens desconhecidos reuniam-se para descobrir sobre o que e para que aquilo fora escrito, e não se cansavam de acreditar que podiam ouvir algo de novo e necessário para suas vidas. Não apenas gostava – aquilo tocava-a inexplicavelmente, e naqueles momentos ela estava pronta para ser de novo uma escritora, ainda que na verdade ela simplesmente contasse histórias ou pensasse em voz alta e devesse ser chamada de outra forma.

E ela não planejara escrever nada hoje, na dádiva da solidão de seis horas, na poltrona reservada para ela por gente boa, como ela pedira – bem no canto do vagão, em uma ilhota sem um segundo lugar em que alguém se sentasse ao lado. Não que ela não tivesse com o que ocupar esse tempo; muito pelo contrário, as obrigações não cumpridas eram demasiadas e cada uma agarrava-se a ela tenazmente, como um pregador de roupa, não se deixando esquecer – como que para lembrar que era a primeira coisa a ser tratada. Mas claro que ela tinha um plano que tencionava executar assim que trocasse de trem e a janela cintilasse.

Na casa do lago em que agora morava, e para a qual devia voltar em breve, quem saísse à varanda no crepúsculo de verão ouvia com frequência como, na outra margem, detrás de árvores espessas, de repente prorrompiam e começavam a tocar trompetes, como se lá houvesse uma unidade militar, ou um parque público com orquestra de sopros. Nunca tocavam nada inteiro, apenas a primeira frase penosa, repetida algumas vezes, como se logo fosse se seguir a continuação, mas isso nunca ocorria. Na infância, no país em que nascera e que tinha então outro nome, ela frequentava um acampamento de pioneiros[1] e lembrava-se bem dos sons que convocavam ao despertar ou à formação. O que se seguia a eles nunca mantinha a promessa tão imperiosamente feita pelas longas notas agudas, que exigiam participação e ação. Ali, na cidade estrangeira, a música ressoava ainda mais sonora e era incompreensível a quem ela agora se dirigia, a que pessoas estranhas, que conheciam seu sentido, e que presente as aguardava, ou como se relacionava de alguma maneira à própria M., apesar da vergonha e da falta de saída de sua situação atual. Isso agora repetia-se quase toda noite, levando à mesma e única ideia perturbadora de que era preciso fazer ou consumar algo antes que fosse tarde.

Seu plano era o mais descomplicado, dispensando grandes preparativos ou tempo para realização, mas, por algum motivo, jamais conseguia executá-lo no lugar que agora chamava de casa, embora se preparasse para materializá-lo quase todo dia. Seus assuntos, práticos e espirituais, tinham chegado nessa época a tal estado que não era possível dar conta deles de jeito nenhum,

---

1 Organização infantil soviética equivalente à dos escoteiros. [Esta e todas as notas subsequentes são do tradutor.]

sistematizá-los de qualquer forma: jogar fora da cabeça alguns, como se tirasse frutas podres da geladeira, e de forma rápida e irreversível acabar com outros, separá-los previamente por ordem de importância e liberar dessa forma lugar para o principal, ainda não resolvido, mas que precisava de espaço e imobilidade.

A questão não era apenas recordar todas suas dívidas e obrigações não cumpridas e dispô-las em ordem no papel e na mente, embora essa fosse a principal parte prática da operação proposta. M. tinha esperança de que, em algum ponto no decurso dessa ocupação, na pior das hipóteses, no fim, quando todas as células mentais estivessem preenchidas e colocadas em ordem, também se instauraria uma clareza de ordem mais robusta (de grosso calibre, ela diria se as metáforas militares não a fizessem pensar imediatamente na besta e naqueles que ela aniquilava naquele mesmo instante). Queria, por mais estranho que pareça, entender o que ela era agora e o que desejava fazer consigo mesma – em que, talvez, se transformar, pois se desacostumara de seu eu anterior.

Pois chegara a um ponto em que nenhuma das tarefas de que encarregara a si mesma naquela nova vida, sendo ela em geral uma pessoa obsequiosa e responsável, nenhuma delas era agora exequível, nem a mais modesta e pouco exigente. E não porque M. se esquecera de como lidar com essas coisas, como mensagens que deviam ser respondidas, ou textos que ela outrora prometera redigir; lembrava-se de fazer isso e não se sentia absolutamente incapaz. Simplesmente, para começar e terminar algo de sua antiga lista infindável, era preciso primeiro unir na cabeça duas placas tectônicas descomunais, ajustar uma à outra e movê-las para causar um estalo e M. finalmente entender como era agora e que solo tinha sob os pés. Mas era justamente isso que não dava certo de jeito nenhum, o *puzzle* não se encaixava, a xícara azul quebrada não se colava e tudo em que M. se amparava no final de cada pensamento, longo e monótono, era a triste compreensão de que daquela vez não havia ninguém para fazer seu trabalho.

Em compensação, fosse ela quem fosse agora, sua vida tinha algo de inalterável: bastava começar a revolver a mente em busca de quaisquer palavras e M. sentia na boca um rato meio vivo, que ela não conseguia cuspir de jeito nenhum – o rato mexia-se, preso entre seus dentes, e era preciso ou fechar o maxilar, mordendo-o ao meio com um estalido, ou seguir vivendo com o rato na boca, sem pensar em mais nada.

Assim deu-se que a escritora M. não conseguia mais fazer nada de útil, e até nas conversas falava através do chiado mudo do rato, lutando contra o enjoo crescente e aferrando-se ao braço da poltrona em que estava sentada. Tudo de que ela agora se ocupava resumia-se à leitura de boletins militares e notícias, cada uma pior do que a anterior, dando conta dos mortos e dos que ficaram sem teto, das crianças e cachorros nos abrigos antiaéreos vestindo os casacos e japonas de outrem da terra emporcalhada com casas cujo interior fora queimado e de velhas que não sabiam para onde ir – e M. continuava sentada.

Mas ela, de qualquer forma, tinha a esperança de hoje arrumar o conteúdo de sua cabeça, como uma caixa de papéis velhos, jogando fora o desnecessário e dispondo do restante em pilhas asseadas e racionais. Afinal, estava longe de ser a primeira vez que ela empreendia essa operação higiênica, e sempre adquirira no processo a clareza requerida. Em um velho livro, o herói chamava essa ocupação mental de lavagem de roupa – no caso de M. era antes passar a roupa a ferro úmido e alisar as pregas e dobras internas, que sem isso ficariam duras, o que poderia ferir os dedos que as tateassem de forma descuidada. Mas até então sempre conseguira, os pensamentos colocavam-se em fila – aqui ela estremeceu e obrigou-se a recuar algumas palavras. Os pensamentos, ela recomeçou a frase, começavam a se portar de forma razoável, observando a ordem, sem se precipitarem em multidão em uma direção, entupindo os corredores e pisoteando em sua loucura aqueles que não se seguravam em pé. Porém, agora, agora tudo era diferente, e na casa do lago ela passava longas horas persuadindo-se a se sentar à mesa e começar. Só que toda hora, para seu alívio irritado, chegava uma mensagem que já não havia como não responder, ou de repente alguém ligava e era preciso ir até o outro lado da cidade para ver amigos, ou lá, ao longe, acontecia algo de novo, e não era possível não se sentar com o computador nos joelhos, rolando o *feed* de notícias de novo e de novo, até a vista escurecer. Agora, agora, no vagão silencioso, do qual não havia escapatória, ela tencionava se obrigar a pensar em tudo até o fim e sair do trem com a sensação de que não viajara em vão.

Então tudo se mexeu e a cidade de H., na qual ela se preparava para ficar 18 minutos antes da baldeação, finalmente chegou. O vizinho, que havia tempos fechara o próprio computador, tirou da prateleira uma mochila esportiva que não combinava com seu terno e surgia agora à porta do banheiro, como se temesse não conseguir sair a tempo e ficar no vagão. M. também pegou a mala, mas não havia mais lugar no corredor, e ela ficou de frente para a própria poltrona, olhando para os que a tinham ultrapassado. Bem na sua frente havia um loiro alto de ombros largos, no qual ela reparara já ao entrar no trem: era muito bonito, todo asseado, harmonioso, de olhos cinza e queixo bem delineado – daqueles homens que não eram para ela, que, ao encontrar, sempre começava a balbuciar e a cometer erros em inglês. Agora ela podia estudar suas costas e cabelos, reunidos em um rabinho asseado. Ademais, na nuca, onde normalmente as melenas escapam e se portam como querem, elas eram seguradas por uma série de grampinhos invisíveis, dispostos paralelamente – era assim que ele controlava tudo em sua aparência. Aquilo muito lhe agradou, aquele homem era um prazer alheio, inalcançável, mas ela não estava pronta para se afligir por causa disso, havia muitos outros motivos de pesar com os quais tampouco poderia lidar agora.

Um pouco à frente havia um menino corado de boné vermelho, que ria, olhava para os lados e fitava a plataforma a se aproximar, claramente esperando ver alguém lá e, caso possível, meter-se pela janela e pular. Mais à frente havia uma dama com um pequeno cão peludo nas mãos, e M. teve vontade de também ter agora um cachorro, igual ou absolutamente diferente; quando M. tomasse seu café da manhã, o cachorro assumiria lugar sob a mesa e se comprimiria com todo o corpo contra sua perna, para desta forma tomar parte no processo de alimentação humana. Daí o trem parou definitivamente, e sequer arrematou com uma tremida.

A estação era enorme, escura, toda em ferro e vidro, e lembrava a tal ponto um velho pombal de parque que dava vontade de sair voando sem tardar até a abóbada e lá ficar pairando longamente, batendo de forma insensata as asas.

O menino de boné era esperado, naturalmente, por uma menina de rosto sonolento com a mesma cor rosada dos cabelos. O homem dos grampos misturou-se à multidão. M. também puxou sua mala leve para onde via-se um painel com os números dos trens e plataformas. Se tivesse um cachorro, continuou a pensar a escritora, ele viria à noite, arranhando as unhas pelo parquete, como um carrinho de bebê no asfalto, e se acomodaria a meus pés com um suspiro de satisfação.

Mas não havia trem, e aquilo era estranho. Não porque na plataforma indicada no bilhete havia um trem completamente diferente, vazio e de dois andares, que claramente não estava se preparando para ir a lugar nenhum – isso era uma coisa normal e até previsível. Mas, naquele painel que brilhava tão intensamente com todos seus números e nomes de cidades, também não havia nada que indicasse à escritora para onde ir e o que fazer. Alarmada, acelerou o passo, meteu-se à direita, depois à esquerda e, com um trote miúdo, apressou-se na direção de uma guarita de vidro com a inscrição "Informação".

A moça da informação era tranquila como um parque ao amanhecer. As mãos com as quais pegou o bilhete de M. e se pôs a estudá-lo estavam cobertas de uma complexa tatuagem bicolor; por cada dedo, como rosas em uma estaca, corriam e rodopiavam desenhos vegetais. M. olhou, depois estremeceu e desviou os olhos. Cancelaram o seu trem – disse a moça placidamente. – Claro que suas despesas serão reembolsadas.

– Não! – gritou M., ou gritou algo parecido, balançando os braços e explicando que tinha que ir, ir mais adiante, ir para aquele país onde era esperada e tinha uma apresentação naquela noite. A moça pacientemente explicou-lhe então que não havia qualquer possibilidade de ir adiante: deu-se que naquele outro país havia hoje uma greve ferroviária, os trens não iam para lá, não havia nenhum e, à noite, tampouco haveria. Talvez fosse melhor M. buscar um avião, mas ela não podia ajudá-la nisso.

Lá, na guarita de vidro (onde havia a severa inscrição "não vendemos bilhetes"), segurando a maleta e desviando-se dos passantes, M. mandou aos organizadores do festival estrangeiros uma mensagem escrita, depois um SMS, depois uma mensagem de voz – e olhou para os lados de forma sombria. A estação fervilhava de gente, o feriado começara na sexta e o povo ia para onde fosse: para casa, para os pais, para todo destino de férias possível. Esquentara. De repente ficou claro que o sanduíche vegetariano de abacate e pepino ficara pendurado na redinha da poltrona vizinha, sozinho e solitário no trem que ela abandonara, inacessível e atraente, e ia agora para algum lugar a uma velocidade por enquanto inalcançável para a escritora M.

4.

No quiosque de comida, ao lado de uma fila curta, M. era aguardada por um sem-teto – descalço, de capa de chuva transparente, debaixo da qual viam-se clavículas nuas e pontudas. Até o momento, ela conseguira pedir café e um sanduíche, tintim por tintim como o de antes, e o pacote de papel já estava no balcão, suscitando desejo e prometendo saciedade. "Por favor, compre comida também para mim", ele disse, baixo e insistente, de modo que inicialmente ela não entendeu, ainda mais porque mal e mal falava a língua local e, por isso, demorou e encarou-o sem entender. "Compre comida para mim, por favor."

M. apressou-se, sim, sim, claro, e virou-se para a vendedora: tem mais um sanduíche desses? "Não", disse o sem-teto. "Eu quero *cheesecake, cheese-cake*", repetiu, de forma muito nítida, "esse aqui, ó". Então *cheesecake*, esse aqui, ó, ela repetiu depois dele, e também botou o dedo na vitrine. A mulher detrás do balcão franziu o cenho, mas colocou obedientemente em um saco de papel a torta e alguns guardanapos. Pegue, por favor, disse M., em tom adulador, pegando também seu café. O homem de capa de chuva já se afastara, remexendo o pacote no caminho, e M. pensou que deveria também ter-lhe comprado café, já que ele não tinha nada para tomar com a comida, mas não conseguiu terminar o pensamento e a sua frente postava-se agora outro homem, parecido com o antecessor não na idade e no rosto, mas na sensação de total desesperança que emanava, forte como o cheiro. Calçava e vestia alguma coisa, e tinha sob o cotovelo um trapo colorido que parecia uma cortina, na qual obviamente dormira antes, cuja ponta suja arrastava-se pelo cimento. Olhou para ela, mas de modo algo estranho, encontrando um ponto entre suas sobrancelhas, de modo que não se podia captar-lhe o olhar. Compre-me de comer, disse com o mesmo tom de voz, como se eles tivessem sido instruídos sobre o que e como falar para funcionar. M. murmurou algo, enfiou-lhe na mão o saquinho com o sanduíche e foi rapidamente, sem olhar para trás, para a saída do prédio da estação.

Na rua, a mão direita lembrou-se sozinha de que segurava um copinho de café e levou-o à boca. M. pôs-se a bebericá-lo, apertando os olhos ao sol e segurando a maleta com a esquerda. As pessoas iam para lá e para cá, táxis amarelos reluziam, um pombo bicava um pedaço de pão. M. tomou ar e verificou o e-mail em seu telefone: as pessoas do festival por enquanto não tinham respondido nada, era preciso fazer algo consigo mesma e, sem refletir especialmente, ela foi para a frente e para a esquerda da estação, passando pela praça com o estacionamento, a parada do bonde e a cantina, que tinham o nítido aspecto de lugares de estação, como tudo ao redor. Na cidade de H., ela não conhecia ninguém nem imaginava muito como se ocupar agora. Se não fosse pela mala a matraquear com todas as quatro rodas pelo cascalho, ela possivelmente iria ao museu, mas essa ideia logo pareceu-lhe absurda e, por algum motivo, perigosa. Precisava encontrar um café, sentar-se lá, esperar resposta e finalmente comer algo. Em vez disso, ela se deteve e novamente mergulhou no telefone, abriu mais uma vez a caixa de entrada vazia, depois foi a um site de passagens aéreas e verificou se não voava nada dali até onde ela precisava chegar naquela noite. Não havia voos. Deu-se que ela estava na esquina, e o farol verde acabava de abrir. A escritora M. atravessou a rua e se pôs a olhar para os lados.

Havia ali uma abundância de estabelecimentos, um café turco, uma cervejaria, uma pizzaria, igualmente pouco acolhedores e, pelo visto, vazios por isso, de modo que não dava para entender se estavam funcionando ou não. Possivelmente animavam-se ao anoitecer, mas agora apenas acenavam aos transeuntes, enquanto estes apressavam-se para o trem ou vindos do trem, e passavam ao largo. Ao café turco, acrescentaram umas duas ou três mesas com cinzeiros na rua, oferta para quem quisesse se sentar ao sol e fechar os olhos. A porta estava aberta; o chão de ladrilhos, limpo. Na vitrine em que exibiam a comida não havia nada, ainda não tinham começado a cozinhar. Apenas ao longe, em uma bandeja de plástico, havia um prato com uns salgados achatados, compridos e ovais como lagos. M. entendeu de repente que estava terrivelmente cansada. Chá, por favor, uma xícara de chá, disse, com o tom de voz do sem-teto recente. E mais isso – e ela apontou o dedo para o salgado de cima, sem saber como chamá-lo.

Esclareceram que aquilo era uma bureka, bö-rek, e cortaram seis pedaços grandes para ela, tinha que comer. A fome foi parar lá no fundo, e a comida, meio morna, com um gosto salobro de lágrima, não passava pela garganta. Em compensação, o chá estava quente, com uma generosa cor de tijolo, e ela tomou a primeira xícara e pediu mais. Ela não entendeu completamente por que não se sentara na rua, como planejara, mas dentro do estabelecimento, dividido em uma quantidade de cabines abertas. Além dela, lá só havia dois fregueses – um velho de bigode eriçado, sentado junto à parede, no fundo da sala, e outro com um jornal, também em um canto distante. M. verificou as mensagens – não havia mensagens.

Era estranho há quanto tempo ela não se via em uma cidade estranha sem afazeres e sem planos, sem ter nenhuma noção de por que estava ali e o que devia fazer – talvez isso nunca tivesse acontecido. M. tinha o hábito desagradável de estudar meticulosamente o que fazia a fama do lugar muito antes de a viagem começar. Nos velhos tempos, quando se preparava para se dirigir a algum lugar, ela comparava os guias de viagem, escolhia o indispensável, compunha listas e depois ia de lugar em lugar com um antegozo alegre que quase sempre se justificava, pois, de fato, o que poderia atrapalhar? O obelisco egípcio não fugiria de seu secular terreno habitual para tentar escapar do encontro com a escritora. Claro que era possível dizer que, desta forma, ela se privava do prazer de tudo que não estava incluído no plano, de eventos casuais e reviravoltas inesperadas, mas era justamente esse tipo de coisa que ela pouco valorizava. O que lhe agradava era o movimento seguro da promessa à realização, sem ter em vista a possibilidade de repensar e querer algo completamente diferente, não mostrado no guia de viagem. M. até então não previra uma situação na qual não quisesse nada e, mesmo agora, em sua nova vida, tentava colocar ao longo de sua trajetória algo como ovos de Páscoa, que ali eram escondidos nos arbustos para serem procurados e achados pelas crianças: um concerto que aconteceria dali a quatro meses ou uma visita a um museu em uma cidade desconhecida, embora agora, por algum motivo, a ideia de museus e outras atrações turísticas lhe suscitasse nítida náusea.

Mas ali, onde não se preparara para ficar mais do que dezoito minutos, sentiu desconcerto, como quando ninguém está à sua espera e você mesmo assim não vai embora. Muito provavelmente, devia pagar, voltar à estação e regressar para o lar. Ela chegaria à casa no lago em duas horas, duas horas e meia, ainda muito antes do crepúsculo, e poderia fazer de conta que não tinha ido a lugar nenhum, ficaria sentada no sofá, no aposento de paredes brancas. Mas justamente isso parecia-lhe inexequível, inexplicavelmente ultrajante – como se tudo o que ocorrera não significasse nada, e como se fosse possível anular qualquer ação e voltar ao começo. Se a experiência do último ano lhe trouxera algo era a convicção de que só dava para mover-se para a frente. Mas tempo, espaço e ela mesma estavam congelados como o computador; ela só podia ficar sentada, de braços cruzados, e olhar para a xícara vazia.

Daí, por mais constrangedor que seja admitir, ela ficou com vontade de ir ao banheiro; essa nova necessidade surgiu-lhe. Ela meditou se não levaria consigo a mala, na qual, de qualquer forma, havia tudo de que não podia prescindir. Pegar a mala seria constrangedor e demonstraria desconfiança no estabelecimento que lhe fornecera refúgio; deixá-la junto à mesinha com o *börek* pela metade significava tentar o destino e convidar contrariedades posteriores. Ficou na mesma até que cuidadosamente encostou a maleta na parede, botando na frente uma cadeira para guardar sua propriedade, e avançou até a porta com a inscrição "Damas". Esta, por algum motivo, não abria, estava trancada. A senhora tem que ir para cima, disse-lhe, com uma nuance de amabilidade, o velho de bigode, para lá, pela escada, lá está tudo funcionando. A escritora titubeou, olhou com pena para a maleta e subiu, como ordenado, pela escada em caracol.

No primeiro andar, a cantina de aparência despretensiosa virava-se em uma direção inesperada. Lá havia um rebuscado paraíso dourado com tapetes e narguilés faiscando vagamente na penumbra. Aquele, pelo visto, era o coração do estabelecimento, lá à noite reluzia e troava sua verdadeira vida. As cortinas eram de veludo de boa qualidade, as poltronas tinham pés torcidos, e ela não encontrou vivalma em seu caminho.

Sentada no cubículo, M. pensava no destino da mala: desceria de volta, e ela já não estaria lá. Seria como naquele livro, ela pensou, o homem perde primeiro a bota, depois a mala, a chave do carro, e depois a si mesmo. Ela olharia loucamente debaixo da mesa, interrogaria o velho de bigode e o jovem sem bigode, depois chegaria a polícia, começaria a investigação de muitas horas de documentos e protocolos. Claro que não chegaria a tempo a seu compromisso e precisaria ou pernoitar ali, na cidade de H., ou ir para casa no trem noturno; aliás, será que teria dinheiro suficiente para um quarto de hotel? Dinheiro havia, e estava com ela, na bolsa branca pendurada na maçaneta da porta do compartimento, mas a ideia de que agora ela estava privada de tudo, desde as chaves do apartamento até a camisa branca de reserva, e de que sua vida mudara irreversivelmente, já tinha se apoderado dela por completo, e ela teve de removê-la à força, às sacudidas, como um cachorro sacode o corpo inteiro depois do banho e salpicos voam em todas as direções.

5.

A maleta estava no lugar, continuava atrás da mesa, onde tinha sido colocada, sem ser perturbada por ninguém. M. acomodou--se ao lado dela, espantada com a magnitude da tranquilidade que de repente a tomara. O telefone, que descarregara na viagem, foi conectado ao carregador, e novamente recebia a eletricidade de que precisava.

O homem com o jornal pagou e saiu, e ela continuou sentada, sem exigir nada de si mesma. Assim como antes, não havia comunicação, mas isso por algum motivo parou de inquietá-la; ainda por cima, a ideia de que a tinham esquecido ou, pode-se dizer, perdido, era estranhamente reconfortante, e dava um calor sonolento e débil na barriga. A caixa de entrada também estava vazia; ela abriu sua rede social, na qual já não escrevia nada havia tempos, mas que acessava pelo menos uma vez por dia, como se precisasse olhar o que acontecia.

Ela sabia o que veria, e viu. Pessoas e cachorros nas fotos afogavam-se em água suja e borbulhante, afogavam-se e tentavam se salvar; pessoas em botes, enegrecidas pelo cansaço, tiravam pessoas e cachorros dos telhados aos quais a água chegara. Em algum lugar, pereceu um zoológico inteiro, animais com nomes engraçados ficaram trancados em suas jaulas e não fora possível ajudá-los. Nas granjas dos arredores, cachorros com coleiras ficaram debaixo d'água junto com suas casinhas e tigelas, mortalmente presos, sem saber se libertar. Tudo isso acontecera exatamente agora, enquanto M. viajava e comia, no país que fora atacado por aquele no qual ela nascera. Lá, no território invadido, havia uma hidrelétrica grande, decrépita, construída décadas antes, e soldados que falavam a língua na qual M. escrevia seus livros fizeram algo, a água transbordou e inundou tudo ao redor. M. de repente agarrou a bureka arrefecida com ambas as mãos e começou a empurrá-la para dentro da boca, engasgando e pestanejando. Não entendeu de imediato que o bigodudo estava postado bem junto à sua mesinha e dizia-lhe algo pacientemente.

Deu-se que ele perguntava se ela estava satisfeita com a comida. M. virou a cabeça para fitá-lo e disse honestamente que o chá estava muito gostoso. O velho assentiu e, sem permissão, sentou-se na sua frente. De onde a senhora vem?

Pelo visto, a escritora já estava cansada demais para continuar manifestando a polidez de uso obrigatório. Sempre me pareceu, ela disse, devagar, que essa pergunta é feita para mostrar ao forasteiro que ele é um forasteiro. Tem aparência diferente, fala com erros, essa área não é a dele. Entendo que o senhor simplesmente esteja interessado em saber de onde eu vim, ainda mais que a estação está a dois passos. Mas assim é que essas palavras soam para mim.

Bem, disse o bigodudo, fazem-me esse tipo de pergunta há quarenta anos, perguntam-me desde que vivo aqui. Acostume-se.

M. não queria acostumar-se absolutamente a nada, não era essa a sua intenção, mas assentiu resignadamente. Seria bom, ela disse, se só pudesse perguntar isso quem veio de outro lugar e está se acostumando – é normal, é como falar de dentes na fila do dentista. Pois veja, corrigiu-a o velho, a senhora ainda não sabe que aqui na sala de espera do médico ficam calados ou falam do tempo. Mas normalmente ficam calados, é o costume. A princípio, só cumprimentam, é claro.

A M. de cinquenta anos rapidamente assumiu na conversa o papel de menininha, da garota corada e ingênua, que sempre lhe saía bem, como se não estivesse segura de sua própria idade e tamanho, e mal notou que o interlocutor já passara a chamá-la de você. Então de onde você é, ele perguntou mais uma vez, como se da primeira a resposta tivesse fracassado, mas misericordiosamente lhe oferecessem uma segunda tentativa. M., tendo subitamente decidido que só falaria e faria aquilo que quisesse, informou-lhe a pura verdade: sou da capital, explicou, acabei de chegar. Está bem, assentiu o bigodudo, mas você nasceu onde? Aquilo começou a lembrar uma brincadeira conhecida, na qual colam na sua testa um papelzinho com um nome de um herói da literatura ou de um celerado da História e é preciso deduzir com perguntas hábeis quem você é. Deus sabe aonde essa diversão os teria levado, mas daí o telefone dela tocou de forma penetrante e apelativa. O velho deu de ombros e foi a contragosto para seu lugar no canto. Sim, sim, M. gritava no aparelho, estou aqui e não entendo muito bem o que fazer agora. As pessoas do festival no país vizinho não tinham se esquecido dela, continuavam a esperá-la, e o compromisso marcado para aquela noite continuava mantido. A proposta era a seguinte: tomar a composição mais próxima, um trem elétrico local lento, que parava em cada estação pequena, e a passo lento chegar à cidade fronteiriça de F., onde um carro estaria à espera da escritora. Pois a senhora consegue retirar o bilhete, preocuparam-se do outro lado da linha, confirmando pela enésima vez seu novo status – ou de criança, ou de lunática, que não sabia cuidar de si mesma completamente e que precisava de uma atenção especial, escrupulosa. M. assegurou que era capaz disso. O trem elétrico partia em quarenta minutos.

Agora que tudo resolvera-se e os planos tortos tinham retomado seus direitos, ela se lembrava com pena das possibilidades que haviam pairado no ar e se dissolvido. O argumento da mala roubada e do protocolo policial era mesmo excessivo, embora o desespero e o rebuliço que ele prometia lhe parecessem de algum modo atraentes. Já a ideia de que poderia encontrar naquela cidade, surgindo casualmente ao redor, um hotel barato para deitar-se sem demora em uma cama feita, sem nem sequer tirar os sapatos, como seu companheiro de viagem do vagão, causava uma vaga angústia. Lá haveria quatro paredes, o espaço de um cubo anônimo de ar entre elas, um espelho estreito, uma cafeteira, se tivesse sorte, e além do passaporte, que teria de apresentar ao se registrar, ninguém iria querer saber nem se interessaria por M. Seria possível, ela pensou com um risinho, ir também ao museu.

6.

Ao museu, ao museu, murmurava enquanto regressava com animação exagerada para o lugar de onde viera: a passarela, a cervejaria, a praça da estação com carros estacionados, o pombo na lata de lixo, a multidão na plataforma e o trem transparente de dois andares, exatamente igual ao que estivera naquela via algumas horas antes, ou até o mesmo. Lá estava, cheio de gente, não havia espaço para uma maçã cair, como dizia-se naqueles casos em sua língua materna, flexível, reversível, quase onipotente, mas que agora lhe causava desconfiança: quem sabe o que diziam nela neste segundo seus compatriotas que tinham ido combater no país vizinho, e quem eles assassinavam e como. Continuava convicta de que a questão era mesmo a besta e que as pessoas simplesmente tinham ficado tempo demais no ar envenenado por sua respiração e gradualmente foram se assemelhando a ela ou, para dizer simplesmente, bestializaram-se. Com a língua, que era muito mais velha do que a besta, tudo era mais complexo – mas mesmo ela, de repente, cobrira-se de um muco suspeito, formara excrescências purulentas, nela apareceram palavras como *mocó, dedo mole, zé-povinho*, era como se ela tivesse se asselvajado e não reconhecesse seus familiares. A própria M. não desejava tocar nela agora, estava na expectativa.

O primeiro andar era mais espaçoso, ela achou um lugar junto a uma janela. O trem andava, adolescentes de uniforme de escoteiro e botas pesadas instalaram-se na antecâmara, bem nos degraus, e já estavam jogando um jogo que ela desconhecia, dispondo cartas coloridas e brilhantes em uma ordem complexa. Os passageiros que continuavam a caminhar pelos vagões tinham que passar por esse jogo, mas aquilo parecia não perturbá-los, e alguns até trocavam breves comentários com as crianças, pelo visto encorajando-as. M. esticou as pernas e tentou dormir, mas o sono não vinha; ela continuava consciente, a pensar, só que fazia isso em um túnel semiescuro, que já conhecia bem, e tentava não se manter nele: o que acontecia em sua cabeça naqueles momentos seria semelhante a um voo, se não fosse uma queda, como se sob seus pés de repente não houvesse mais solo e não estivesse claro se ele apareceria, e quando. M. abriu os olhos e, para qualquer eventualidade, firmou a sola dos pés no chão do vagão.

A sensação de queda constante – como se ou você fosse transparente, ou o fossem os objetos e pessoas ao seu redor, e você despencasse através deles cada vez mais fundo, sem parar de sorrir e pedir desculpas – tornara-se para ela agora, se não habitual, pelo menos natural, e era-lhe difícil lembrar-se que outrora fora diferente. Possivelmente, devia deter esse movimento de alguma forma, adquirir, como se diz, um chão sob os pés, mas era difícil pensar nisso a sério, ainda mais porque onde obteria agora tal chão? "A pessoa perdeu completamente o controle de sua biografia", seu amante dissera muitos anos atrás a respeito de alguém, e ela então balbuciara uma resposta no sentido de que, sim, é preciso manter a própria biografia nas mãos, não deixá-la escapar e começar com traquinagens.

Lá onde ela agora morava, havia, como já sabemos, um lago, e, sobre o lago, numa ponte, estavam deitadas de costas uma para a outra duas grandes criaturas antropozoomórficas de pedra. Das esfinges sabe-se com certeza, em geral, duas coisas: que a vida inteira ficam resolvendo mentalmente todos os enigmas possíveis e que, se você não puder ajudá-las nisso, a natureza animal desperta e elas comem o interlocutor vivo, como o gato faz com o rato. Mas não era possível suspeitar disso de forma alguma ao olhar para aqueles lindos rostos de pedra virados para M., com expressão de dignidade triste e até ternura, Deus sabe vinda de onde e para quem dirigida. Seus cabelos estavam envoltos em fitas, os seios nus, ademais os mamilos tinham contorno em tinta à prova d'água, branca no esquerdo, azul no direito. Os animais de pedra nem tentavam esconder sua natureza bestial, as caudas eram nuas, musculosas, com uma borla na ponta, e os braços, da mão para cima, estavam cobertos de pelo rijo e sem graça. O cachorro com o qual a escritora sonhava latiria impreterivelmente para eles à primeira vista, pois sua essência dupla incutiria nele desconfiança de que eles, aparentemente tranquilos, eram capazes de qualquer coisa. Mas, possivelmente, fosse justamente por isso que M. não tinha cachorro – ela mesma não estava mais segura de sua homogeneidade: palavras, pensamentos e, quem sabe, comportamentos poderiam traí-la a qualquer momento, e ela manifestaria sua própria essência monstruosa. Afinal de contas, pensava, apesar dos anos passados em ódio e asco à besta, vivera com ela desde que se lembrava, ora na mesma jaula, ora em seu abdômen, como Jonas na barriga da baleia, e quase não conhecia uma época em que a besta não tivesse estado por perto. Não poderia isso significar que ela era seu rebento, sua cópia diminuída – uma dentre aqueles milhões aparentemente tristes e meigos, mas que apenas esperavam o minuto certo para mostrar garras e dentes e engolir aquele que não respondeu com reciprocidade? Essa ideia estava tão arraigada em M. que ela às vezes se pegava estudando os próprios braços no espelho, para ver se não começara a aparecer um pelo algo ruivo abaixo do cotovelo.

O trem já deslizava devagar, como em um sonho, e ainda por cima parava em cada estação e saía mais gente dele do que entrava. Nos apeadeiros floresciam furiosamente uns arbustos desconhecidos, que se assemelhavam em aparência aos sabugueiros, mas que, em vez de brancos, fervilhavam em púrpura, com uma suntuosa espuma de cerveja que deslizava pelo verde, quase chegando ao chão. Havia cartazes de propaganda pedindo cuidado, velhos, como se aquelas paragens não tivessem mudado desde os anos setenta, quando M. era pequena e tinha visto na estação de subúrbio uns exatamente iguais, com cores berrantes desbotadas e um homem caindo de costas da plataforma, sob o trem. No momento em que M. viu justamente aquele cartaz ou sua cópia exata, seu irmão gêmeo, teve a impressão por um instante de que o sono complexo quase terminara, e agora estava indo para a *datcha*[2], tendo regredido no caminho a seus dez, oito, cinco anos, e que lá esperavam-na faz tempo.

Daí entendeu de passagem o que tanto desgostara na ideia da excursão ao museu: muito tempo antes, ela lera uma história sobre um homem enxotado por uma tempestade de verão para dentro de um museu de província com suas esculturas e fósseis tristonhos. A exposição, contudo, revelou-se uma cilada, salas e recintos aumentavam ou até se multiplicavam incessantemente, como uma biomassa ensandecida, era impossível chegar ao fim; acima, cresciam novos andares com cortinas ondulantes, caixas mortas de pianos de cauda e quilômetros de pinturas a óleo, e a isso se somava, como diríamos hoje, instalações espaçosas com tanques de água inanimados e nevoeiros artificiais, e tudo isso fervilhava de

---

2 Casa de campo.

pessoas, como aquela luz em que se encontram todos e cada um – e, ao que tudo parecia, assim se manifestava a elas. Já não me lembro de como o herói escapa para a liberdade, onde finalmente é despovoado e frio, há sob os pés neve azeda em escaras negras, um cheiro de água quente, umas lanternas algo raras e demasiado conhecidas. E, como se saísse de uma toca de coelho, ele caíra e rolara onde não devia – em casa, na pátria, mas não a da memória, e sim a real, com fuzilamentos e slogans, onde logo, logo seria devorado por um tostão. E isso, pensava M., poderia acontecer com qualquer um que quisesse voltar para aquela casa, para o ventre quente, para a *datcha* de cortinas de maçã, largando, como uma carga, a memória supérflua, onerosa. Melhor ir para a cidade de F., e de lá para mais algum lugar.

A fileira seguinte de bancos avistava-se de viés, dava para ver um casal velho sentado lado a lado; entre eles acontecia uma conversa em voz baixa, ela desenrolava alguma coisa, mostrava para ele, murmurava. Nas pontas dobradiças da mesinha, jaziam dois guias de viagem e um mapa, e homem e mulher volta e meia curvavam-se sobre eles, conferindo, pelo visto, o itinerário. M. pela primeira vez perguntou-se para onde propriamente estava se dirigindo: a palavra F. não lhe dizia nada, e era a primeira vez que estava naquela região.

Remexeu na bolsa e tirou de lá o telefone: à primeira letra, o sistema de busca entendeu o que interessava à escritora, e propôs-lhe informação completa sobre a cidade de F. e seu conteúdo. Ficava junto ao mar, quase na fronteira com o país vizinho, e tinha pontos turísticos – a rua principal, o impreterível museu municipal, que ali por algum motivo se chamava Fantomateca, praias, restaurantes, hotéis com os nomes *Paraíso* e *Vida na Água*. Um dos hotéis interessou-a em especial: chamava-se Grand

Hotel Petukh[3], o que, para alguém que falava sua língua materna, soava bastante divertido. Ali se instalaria, disse M. a si mesma, se não tivesse que seguir adiante, para o lugar de destino; faria de conta que sabia por que tinha ido para lá, desfaria a mala, empilharia três livros na mesinha de cabeceira e olharia como era o mar de lá. O fato de que isso não sucederia causou-lhe de repente desgosto; o acaso que a levara até lá era uma dobra vulgar no tecido da vida, que não tinha significado ou consequência.

O casal sentado à frente continuou a examinar seus planos turísticos até o homem se levantar de repente e ir até a outra extremidade do balcão, sem se apoiar em sua bengala fina, mas agitando-a amplamente à sua frente e batendo com a ponta nas costas dos bancos e no revestimento do chão, de forma que M. verificou que aquele homem era cego.

Em cada pequena estação, saíam ainda mais passageiros e lá via de regra eram recebidos – de alguma forma, aquilo fazia lembrar a hora depois das matinês infantis, quando os pais ficavam apinhados à porta do teatro e retiravam seus filhos até a praça ficar vazia. Era o trem de sexta-feira e todos iam para casa: soldados de licença, estudantes da cidade grande, empregados cansados. Os lugares estavam mais para vazios, as ruas ficavam imóveis sob o sol, como se toda a aldeia se apinhasse na plataforma, esperando pelos seus, e havia até quem segurasse balões de ar. Claro que seria possível descer do trem ali, embora M. não tivesse imaginação para inventar algo de que se ocuparia e onde passaria a noite. A moça de casaco de couro pendurou-se no pescoço da mãe, para o que teve que se curvar, de tão mais alta que era. Nas portas da bilheteria, via-se o anúncio "Fechado".

---

3   No alfabeto latino no original. *Petukh*, em russo, significa galo.

7.

Naquela hora, o telefone estava quase descarregado, como se não tivesse sido alimentado na cidade de H. A escritora começou a remexer a bolsa, procurando o carregador, embora lá não tivesse onde ligá-lo. Mas não havia carregador, tinha ido parar em algum lugar, embora M. se lembrasse de como dissera a si mesma para não esquecê-lo no café turco, onde, pelo visto, ele ficara. A barra amarela que mostrava o quanto o telefone ainda aguentaria estava bem baixa, vinte por cento, exatamente o que bastava para chegar ao táxi. F., a estação final, surgiu à janela, e todos se ergueram dos lugares.

Deu-se que ainda havia gente suficiente nos vagões para formar uma torrente firme que tomou a plataforma e arrastou-a consigo. Com o canto dos olhos ela notou um policial de uniforme completo e um grupo de cidadãos de aspecto nitidamente não local que estavam ao seu redor cabisbaixos e prestando contas de algo. M. supunha que a primeira pergunta feita era a mesma que tanto a irritava – de onde você veio? – e compadeceu-se deles, sem deixar de caminhar para a frente junto com a multidão. Uma das costas era vagamente conhecida, como que de uma vida passada. Pois bem, era o homem dos grampos: sua cabeça elevava-se acima das demais e os cabelos claros formavam um coque impecável, como se ele não tivesse viajado, como ela, o dia inteiro, mudando de trem em trem. Daí, ele de repente virou-se e olhou para ela, e depois desviou os olhos rapidamente, como se tivesse encontrado algo inesperado e desagradável.

M. ficou envergonhada como se tivesse sido surpreendida em alguma ação indecorosa – ainda mais que sabia bem que ainda se lembraria dos grampos e do queixo. De alguma forma, eles já tinham conseguido se entrincheirar em seu cérebro, como acontece quando uma figura alheia cativa você – não pela perfeição, mas antes pela combinação de imperfeições, que transforma o arranjo da cabeça ou os tornozelos estreitos, com uma profusão de sardas pálidas, em uma espécie de farpa que você não consegue arrancar do pensamento de jeito nenhum. Esse sentimento, que ela conhecia muito bem, mal podia ser chamado de desejo, não se sentia absolutamente atraída por ver-se com aquela criatura masculina a sós em um quarto de hotel. Mas tinha vontade de olhar mais para ele, como para um veado ou coelho sentado na grama baixa e fitando-a de esguelha com o olho imenso – só que, quando se trata de gente, o olhar fixo torna-se uma variedade de toque, e dá vergonha quando reparam na sua atenção e começam a comentar. Além disso, ela lera em algum lugar que nos tempos pré-históricos, nas profundas trevas ancestrais, quando a visão apenas surgira e aprendia a ser reconhecida, ela era uma prerrogativa dos predadores. Seus olhos, ainda não completamente formados, reagiam ao movimento alheio, esforçavam-se para distinguir os contornos do alimento a se afastar e apressavam-se no seu encalço, para alcançar o objeto sedutor e roê-lo até os ossos. O interesse pelos tornozelos alheios, consequentemente, aparentava-a aos animais. Ela também queria, por algum motivo, correr em seu encalço, embora não tivesse quaisquer pretensões, nem a fusão, nem a absorção, e seu animal interior poderia verdadeiramente considerar-se herbívoro se desejos inoportunos por vezes não o traíssem.

Certa vez, em um bosque outonal, M. vira como um cachorro urbano, desacostumado à vida do subúrbio, capturara de repente um musaranho, apertando-o contra o solo de um jeito que o outro não tinha escapatória. Depois de fazer tudo isso com habilidade e técnica, o cachorro de repente ficou perplexo, quase em desespero, e começou a latir, chamando a dona em seu auxílio: não tinha noção do que fazer com a presa capturada, e ficou feliz quando levaram-na embora. Algo do gênero, suspeitava M., aconteceria com ela mesma em uma situação semelhante.

Claro que gostava das fotografias de ruas em que pessoas desconhecidas eram extraídas de suas vidas invisíveis e transferidas para o papel para serem olhadas sem entraves; mas tudo isso eram imagens, simulacros. E ela tinha lido sobre uma artista francesa que fizera da perseguição de gente que encontrava ao acaso, pode-se dizer, seu ofício, de modo que conseguia esgueirar-se atrás delas pelas travessas de Paris, ficar imperceptível, e formar uma espécie de dossiê de algumas – tudo isso sem qualquer interesse amoroso, por puro desejo de ver o que viria depois. A própria M. poderia, sabe-se lá onde, acossar sapatilhas cor de ameixa, ou cabelos ruivos arrumados de forma desleixada, e muito provavelmente aquilo terminaria em catástrofe, perda do telefone e da maleta, e depois em um nada absoluto, como naquele livro alemão. Mas quando você pensa que a pessoa atrás da qual está indo pode de repente se virar, parar e perguntar de forma ameaçadora o que você quer e com que direito está seguindo-a passo a passo, dá tamanho constrangimento que você fica petrificada.

Acontecia também o seguinte, e não raramente: ela ia para onde queria até perceber que um transeunte absolutamente desinteressante já caminhava à sua frente há bastante tempo, virando e voltando a virar direitinho onde era o caminho dela – e daí ficava tão aflita como se de fato o perseguisse por todo aquele tempo, como se ele já tivesse entendido isso e logo, logo fosse voltar-se para ela com todo o corpo e exigir explicações. Não, o sentimento de vergonha com o qual ela aparentemente nascera excluía toda leviandade e frivolidade e tornava sua conduta plenamente segura para aqueles que a rodeavam, e assim tinha sido por todos aqueles anos, naquele país não mais do que no outro em que ela viera à luz.

A multidão seguia seu caminho, contornando uma tenda de flores com girassóis, um balcão de roscas, e chegou à praça da estação, onde todas essas pessoas, sem excluir o homem dos grampos, precipitaram-se para a direita, em frente ao ponteiro do relógio e atrás da esquina, e M. sorrateiramente ficou à margem, de lado, junto ao ponto de táxi. Por algum motivo, supunha que, como em um aeroporto, seria aguardada com um cartaz com seu nome, e agora não sabia direito o que mais fazer. Os carros eram poucos, quatro amarelos, comuns, e um estrangeiro, de outra cor e modelo. Pelo visto, aquele era o enviado do festival, de mão no volante, com ar alheado, como se não tivesse nada a ver com ela. Mas a escritora, que tinha a firme intenção de chegar, finalmente, a seu destino, abriu a porta e disse seu nome, e o motorista meneou a cabeça alegremente.

Bem, para onde vamos, ele perguntou quando eles viraram na rua vizinha, como se não soubesse para onde. Eu pensei que o senhor estivesse a par, respondeu M., jovial. Sou esperada na cidade de O., no festival, tenho uma fala às oito da noite. A viagem não é breve, disse o taxista, tentaremos chegar a tempo.

A cidade já terminara, estendiam-se estacionamentos, instalações de depósitos de ar melancólico, depois um campo pisado onde se alojara um circo ambulante com tendas esbranquiçadas, *trailers* de duas janelas e um cartaz de tamanho desmedido: "Circo Peter Kon". Via-se como dois trabalhadores de macacão regavam a lona com uma mangueira formidável, lavando a poeira do dia. Aproximava-se a noite e, pelo visto, a apresentação, mas por enquanto tudo estava vazio ao redor, e nem a mulher-cobra, nem os trapezistas tinham saído de suas barracas.

Depois, havia uma curva para a rodovia, detrás da qual começava a fronteira. Lá dá para tomar café, disse o taxista, e acenou na direção do posto de gasolina – a senhora deve estar cansada da viagem.

Por algum motivo, a escritora agarrou-se a essa proposta como se lhe fosse insuportável separar-se da cidade de F. Pegaram o café, sentaram-se na rua, em uma mesinha de madeira. M. relatou a história do trem desaparecido, e eles balançaram as cabeças, recordando quando em cada vagão havia um compartimento de fumantes, e as descrições coincidiram com a realidade. Em resposta, o taxista contou que pegara covid quatro vezes, e supunha que o vírus tinha sido especialmente criado por um gabinete das sombras mundial para livrar-se dos velhos, que viviam demais e custavam caro demais ao governo, e M. nem se pôs a retrucar; pelo visto, entre eles, já surgira a solidariedade, como acontece entre pessoas que fizeram juntas parte de uma viagem longa e entendem que ainda não é hora de se separarem. Veio uma pausa, na qual normalmente se pergunta de onde você veio, mas seu interlocutor contornou o tema e, em vez disso, interessou-se por saber onde deveria deixá-la na cidade de O.

M. não tinha nenhuma noção disto, e reconheceu-o honestamente. O senhor, ela propôs, pode telefonar para eles e perguntar enquanto estamos aqui. Meu telefone está quase descarregado, senão eu veria o endereço – mas eu achei que dariam toda a informação ao senhor. Telefonar para quem, perguntou de volta o taxista, e abanou a cabeça cabeluda com tranças. Enquanto voltavam à estação, a escritora soltou exclamações, ergueu os braços e desculpou-se pelo mal-entendido absurdo.

Naquela hora, não havia menos táxis estrangeiros na praça do que amarelos mas, assim como antes, ninguém recebera M. Ela caminhou ao longo da calçada, curvando-se e olhando pelas janelas dos carros, depois afastou-se um par de passos e buscou seu telefone. Seu novo conhecido já apanhara novos passageiros, mas antes de partir acenou-lhe do assento do motorista e, depois, levantou as duas mãos para o céu, dando a entender que o mundo enlouquecera e ela não devia espantar-se com contrariedades.

8.

Pelo visto, chegara um novo trem, e do edifício da estação coberto de andaimes voltou a sair uma torrente espessa de pessoas alegres como se soubessem para onde iam. No telefone, que M. já segurava meio afastado, sem botar no ouvido nem olhar para a tela, continuavam a estender-se toques longos; ninguém atendia, como se tivessem se virado sem ela e se esquecido de comunicá-la. M. andou ainda para lá e para cá e, depois, sem saber por quê, puxou a maleta azul atrás das outras, entrando em fila com a multidão, mas sem deixar de prestar atenção nos toques do telefone. Todos juntos, como em uma manifestação festiva, eles saíram para uma rua larga, com lojas e mesinhas alegres, e lá já se separavam em grupos, indo cada um para onde devia. M. freou e olhou para a tela do celular. Estava preta, irremediavelmente morta, e ninguém podia lhe dar as instruções necessárias.

Acatando o movimento geral, M. seguiu adiante pela rua, passando pelo parque, passando pelas placas, olhando para os *fast-foods* e os pratos dos outros sob os toldos de pano dos cafés. Ela agora era um pedaço cortado, um ser inexistente – ninguém sabia onde estava e o que era feito dela, ninguém podia reclamá-la e chamá-la à ordem. As obrigações e promessas que ainda uma hora antes eram indiscutíveis, agora não tinham nenhum poder sobre ela, e tudo isso ocorrera sem qualquer participação sua.

A escritora caminhava, levemente encabulada pelo ronco implacável da maleta, para a qual, aparentemente, tanto fazia para onde ia, e notou no caminho que sua pessoa interior parara de se agitar do lado de dentro e bater nas paredes em busca de saída. Depois foi sossegando aos poucos, tornou-se mole e infantil, e até exibiu um pouco as curiosas antenas de caracol: algo viria depois.

O hotel como que surgiu por si mesmo diante dela, como em um sonho no qual você não entende muito bem de que forma passou, por exemplo, do convés de um navio para uma sala de aula com armários abarrotados de potes de vidro com exemplares de fenômenos da natureza, dentre os quais há um rato conservado em álcool com um ricto desesperadamente torto, exatamente como o professor de História.

O hotel era absolutamente simples, um daqueles estabelecimentos de rede cujo principal orgulho consiste, ao que tudo indica, na capacidade de fazer o viajante se esquecer de que percorreu um longo caminho e se encontra em outro lugar: para onde quer que você vá, será recebido pelo mesmo sofazinho cor de aveia, os mesmos pirulitos turquesa num prato azul, um tapete sem pelos e gel de banho que funciona também como xampu. M. entrou ali como se tivesse nascido para deslizar como uma sombra pelos corredores tortuosos e fazer a cafeteira soar compassiva e gotejar o elixir negro; ela mesma não reparou como se registrou e pagou, de tanto que queria chegar logo lá em cima e deitar-se de costas, sentindo que finalmente chegara. Mas não se esqueceu de perguntar ao porteiro se não haveria um carregador para substituir o perdido – embora, por algum motivo, não tenha se espantado nem um pouco ao ouvir, como resposta, que os hóspedes tinham levado todos os carregadores e não havia onde buscá-los. Hoje tudo acontecera como devia ser, e o telefone de M., mudo como uma pedra, era, pelo visto, uma das condições necessárias.

Na vasta cama em que ela agora se deitava dava para ver que ainda estava totalmente claro, e nisso não havia nada de espantoso: ainda não devia estar escuro; o dia prolongava-se e até esticava-se telescopicamente, seu volume desocupado podia ser preenchido como desejasse, mas ela não tinha quaisquer desejos, nem nítidos, nem sequer hesitantes, como um cheiro ou murmúrio. Se virasse a cabeça para a esquerda da janela, veria o quadro simples do hotel, ao qual apenas a moldura conferia alguma solidez – sobre a mesinha mirrada estava pendurada uma natureza morta, lírios de cera em uma bolha oca, que consistia em vidro e água; na parede próxima, um casal de golfinhos de nariz de pato com ar brincalhão. Muito recentemente alguém contara a M. algo divertido sobre golfinhos, e ela se prometera verificar e esclarecer aquilo, mas agora não tinha forças. A crer no interlocutor, os golfinhos eram mesmo semicachorros: animais que quase não se diferenciam daqueles que vemos todos os dias, se não levarmos em conta uma decisão de princípio tomada por eles. Acontece que, entre os seres aquáticos que outrora passaram para a parte seca, havia aqueles que depois permitiram-se repensar – e, após passar algum tempo na terra, conosco, trocando guelras por pulmões e respirando o duro ar da superfície, resolveram regressar, voltar para trás, para casa, para as profundezas. Acontece que era possível fazer isso, e até para M., convencida de que não havia nem haveria casa, esse exemplo de transfiguração dupla – primeiro em um animal, depois em outro, quase em nada semelhante àquele a partir do qual tudo começou – parecia quase consolador. Resultava que era possível pertencer a ambos os mundos ao mesmo tempo, saltitando e pairando entre água e ar, sem se lembrar mais de quem você fora outrora. No caso de M., a desmemória era decididamente impossível, mas a ideia de que havia no mundo criaturas afortunadas que tinham conseguido mudar sua natureza de forma tão radical deixou-a vagamente animada.

Queria comer, não queria levantar-se. A maneira como ela agora estava deitada em cima da colcha era parte constituinte da ordem que surgira no quarto de hotel, incluindo também os dois pares de sapatos cuidadosamente colocados por ela de bicos virados para a parede, as camisas brancas penduradas nos cabides atrás da porta fechada do armário e os três livros empilhados na distante mesa de cabeceira, como se ela se preparasse para morar por lá muito tempo e ler à noite. Era até possível considerar, talvez, que o próprio quarto em que M. se encontrava era algo como a gaveta de uma outra mesa de cabeceira, e ela, a gaveta, estava limpa e arrumada, com o conteúdo claramente organizado, a disposição dos objetos respondendo a um sentido. Nada escapava à harmonia geral, perturbando a alma com um canto encurvado ou um buraco repentino em um lugar imprevisto. Em torno dessa mesa de cabeceira, tudo consistia nesses buracos e hiatos, terríveis redemoinhos de matéria, medo e terror, vergonha e culpa, morte e ruína, morte e ruína, ela repetia em sua mente, sobre a qual não tinha o menor poder. Mas ali, na gaveta, que ela podia fechar, fora-lhe concedida uma espécie de trégua, e ela preparava-se para desfrutar disso custasse o que custasse.

Ficou deitada assim por bastante tempo, depois levantou-se de um arranco, espantando-se por seu corpo amolecido ainda se mover, desceu ao balcão da portaria e pegou um mapa da cidade de F. com todas as suas ruas, deixando o impotente telefone onde estava, como um guarda-chuva quando não há previsão de chuva.

A única coisa de que se lembrava de tudo que, de acordo com o que lera, fazia a reputação da cidade que abrigava-a era o Grand Hotel Petukh e ainda o museu, cujo nome vinha-lhe à cabeça de forma algo torta e atravessada – Fantorama? Fantomata? De visita ao museu hoje não era o caso, e M. não precisava do *grand hotel*, como testemunhava a chave de plástico do quarto em seu bolso, que a lembrava, assim que botava a mão nela, que já tinha um teto sobre sua cabeça.

Na rua, ao vento, ela imediatamente precipitou-se para o quiosque mais próximo, que cheirava a carne frita, e em alguns minutos já estava na calçada, segurando com ambas as mãos um rijo rolo de comida: o papel ficou rapidamente engordurado e escuro, enquanto a escritora, tremendo de uma crescente avidez, comia pedaços de carne animal misturada com pepino em conserva e salada de folhas murchas, descendo cada vez mais, até só restar na mão o invólucro, ainda úmido e vazio.

Daí deveria voltar sem demora ao hotel, para a gaveta, para debaixo do capuz, e fechar finalmente os olhos, mas algum insensato instinto antigo, a memória da terra firme, ou seja lá o quê, exigia, como ela estava em um lugar estrangeiro e desconhecido, que empreendesse uma ação correspondente. Ela ainda não conseguia entender o que exatamente tinha que fazer, mas caminhou na direção do centro, olhando para os lados e aspirando o ar, como se fosse puxada por uma correia.

O Grand Hotel Petukh apresentou-se na sua frente por si só, sem qualquer esforço de sua parte, como se não fosse possível contorná-lo de jeito nenhum e justamente lá se encontrassem todas as trajetórias a ela destinadas. Petukh não era nada mau, elegante, de espessa cor de chocolate, ademais com cada janela rodeada por uma solene moldura escarlate, como por um lápis de olho. A escritora entrou sem saber o que buscava e queria descobrir, e subitamente sentiu que não havia nada para captar por lá: o hall era agradável e fresco, no bar havia uma ampla seleção de bebidas fortes de cores dourada e de oxicoco, a escada desdobrava-se como que por si mesma e pendiam nas paredes retratos a óleo de alguns ancestrais, fitando-a com expressão de benevolência contida – só que ela hoje não tinha o que conversar com eles. M. pediu uma taça de vinho branco, não tinha ido até lá à toa, e sentou-se em uma das mesinhas da rua, esticando as pernas e observando os transeuntes.

Petukh, ou seja, galo, era como, no país em que ela nascera, chamavam aqueles que sofriam *rebaixamento* na cadeia ou, em russo, zona, e tornavam-se *rebaixados*. Tudo nessa frase precisava de tradução ou esclarecimento para os que viviam em outras regiões e se interessavam em saber o que aquilo significava. Zonas eram os nomes dos inúmeros campos em que eram mantidas as pessoas que tinham cometido crimes, junto com aquelas que não eram absolutamente culpadas de nada, mas também tinham sido condenadas por alguma incompatibilidade com o espírito daquele Estado e deviam sofrer punição. Esses lugares e essas pessoas eram infindáveis: à cadeia e à miséria não dá para renunciar, rezava um provérbio que todos conheciam, dando a entender que aquilo poderia acontecer a qualquer um que, por exemplo, ficasse em um piquete solitário, segurando nas mãos uma folha de papel em branco na qual não havia absolutamente nada escrito, querendo dizer que era possível ler ali o que se quisesse – um chamado, digamos, à desobediência, ou à derrubada do poder.

M. ouvira em algum lugar que as pessoas que estavam na cadeia no seu país eram em número muito maior do que as que tinham passaporte estrangeiro, ou seja, que aqueles que tinham a chance de ir para fora e ver outros países e como viviam outras pessoas. De modo que na zona, onde havia milhares de regras não escritas que não deviam ser infringidas, havia uma casta principal de intocáveis – aqueles que chamavam de *rebaixados*, exatamente os galos. Rebaixar uma pessoa significava mergulhá-la no ponto mais fundo da hierarquia da cadeia, até abaixo do fundo, lá onde o contato não era mais possível, assim como uma simples conversa. Para isso, pode-se dizer que havia um ritual especial; o infeliz ou era violado coletivamente, significando dessa forma que agora era a presa comum, propriedade comum, e cada um poderia utilizar seu corpo como quisesse, ou sua cabeça era enfiada de cara em um balde com excrementos, tornando sua vítima para sempre profanada, como se as fezes do corpo coletivo não pudessem ser lavadas por nenhuma força. Qualquer um podia virar um galo, bastava simplesmente não agradar àqueles que lá, no campo prisional, mandavam em tudo, os assim chamados ladrões, ou infringir alguma das proibições selvagens que constituíam a lei dos ladrões, que era mais importante e terrível que a lei comum, geral para todos. Dentre elas, havia a seguinte: qualquer contato físico casual com um rebaixado, qualquer forma de relação humana, deixava você também impuro, como se o contágio pudesse passar de um corpo para outro, e você mesmo se via sob suspeita, e simplesmente também podia virar um galo, um não humano, outra pessoa.

O vinho tinha um gosto salobro, ferruginoso, como se saísse de um cantil, e o que chamam de buquê (uma pálida sombra de frutos distantes ou mel) estava completamente ausente, o sal e o frio desalojaram todo o resto e reinavam agora de forma indivisa na boca de M.

9.

O maço de cigarros que ela agora tinha em mãos era comprido e espichado como um caixão. A tampa azul era toda dobrável, e nela, claro, o lugar principal era ocupado por uma imagem fúnebre de tons abafados – uma mão, da enfermeira ou do coveiro, preparava-se para cobrir com um lenço branco o rosto do jovem morto, veja a que leva o fumo. A escritora M. gostava de prometer a si mesma que redigiria um ensaio sobre essas imagens que agora acompanhavam-na por toda parte. Elas deixavam-na tão agitada que às vezes ela pedia ao vendedor da banca que lhe desse os mesmos cigarros, mas com uma outra foto, nova: por exemplo, um jovem de corpo atlético deitado triste sobre a coberta, enquanto um breve texto esclarecia que o uso do tabaco trazia a ameaça da impotência. Saíam às vezes também rostos preocupados de bebês, simbolizando a infelicidade, e famílias órfãs de preto, cujo significado é compreensível. Tudo isso era melhor do que *close-ups* de órgãos danificados, dedos enegrecidos ou chagas vermelhas a sangrar, dos quais também havia uma abundância à venda; desse modo, a ação era muito mais literal e, pelo visto, funcionava bem, se julgarmos pelo tanto que M. se esforçava em evitar essas imagens, escolhendo ameaças não menos reais, porém, como dizer, mais afastadas.

Esses desagradáveis maços aparentemente restavam como o único lugar no mundo que agora a rodeava em que se falava de forma direta e rude de doença, morte e do que elas fazem com o corpo humano, exibindo ostensivamente o lado terrível da existência. Nas páginas dos folhetos médicos e revistas femininas, todas essas coisas, é claro, estavam presentes, mas de forma delicada, que até infundia esperança – apenas a escrita tinha a permissão de tocar a realidade mísera e ameaçadora, apenas as letras miúdas; em compensação, os textos eram acompanhados de fotos de mulheres lindas e tristes, ou de velhos nobres que, aparentemente, não perdiam em sua jornada à sepultura nem a razão, nem a dignidade. O horror e a dor da existência agora estavam presentes apenas nas caixas de qualquer Marlboro e Lucky Strike, como se aqueles que os compravam, por seu silêncio, estivessem tão afastados do mundo civilizado que já não havia por que ocultar deles sua base monstruosa; pelo contrário, só isso é que eles deviam ver, como garantia de represália inevitável pelo tratamento irracional de suas próprias vidas. Tudo isso se parecia com velhos afrescos de igreja, onde corpos e almas de pecadores eram submetidos à tortura em milhares de formas requintadas, sem suscitar compaixão especial dos bons cristãos desde que estes, naturalmente, não reconhecessem suas culpas ocultas. No mundo novo e secular, tudo estava estruturado de forma mais racional, e prognósticos sombrios já eram apresentados diretamente aos pecadores, e só a eles – quem mais estudaria fotos em um maço de cigarros? Daí M. finalmente tirou do caixão um cigarro e pôs-se a amassá-lo nos dedos, sem saber o que esperar.

Era uma sexta-feira de verão, o mar próximo dava-se a conhecer de forma ininteligível, por uma tensão elusiva no ar. M. sentou-se modorrenta, sonolenta, maravilhada com a massa de tranquilidade que se despejara sobre ela. Ninguém no mundo – ou pelo menos na cidade de F. – tinha noção de quem ela era, ninguém conhecia nenhuma de suas culpas, e ela tinha a firme intenção de fazer com que o acaso que lhe coubera se prolongasse o quanto fosse possível. Para aqueles que poderiam interessar-se por seu destino, preocupar-se ou indignar-se porque ela de repente dissolvera-se sabe-se lá onde, não havia como alcançá-la; mesmo para si mesma ela agora já quase não suscitava questões, apenas uma benevolência dorminhoca. Pela primeira vez em sabe-se lá quanto tempo ela de repente esquecera de onde era e porque aquilo era importante, e nem sequer pensava na besta, como se ela não fosse aquilo, mas algo diferente, estranho. Em sua infância a mesa de jantar era coberta por uma toalha engomada apenas nos feriados, no Ano Novo ou no Primeiro de Maio, e nos dias normais, que não mereciam essa honra, era posto na mesa um oleado com desenhos, que não dava medo de sujar de geleia ou de derrubar sopa em cima. Com o tempo, sua superfície lustrosa ficou com marcas de cicatrizes e cortes, interessantes de tocar e arranhar com os dedos quando você ficava sentada, pensando em suas coisas. De modo que nas fendas do oleado frequentemente caíam minúsculas migalhas de pão, que depois ficavam lá para sempre, secando e petrificando-se na mais completa segurança. Ninguém as procurava, a não ser na hora da grande limpeza, quando lavavam e reviravam tudo ao redor, e também chegava o fim das migalhas – mas isso era depois.

Uma chuvinha rala caiu de repente e logo parou, mas M. continuava sentada.

Por algum motivo, ao olhar para a gente veranil, passando por ela para lá e para cá com o passo especialmente livre que surge na proximidade do mar, para as crianças veranis com suas casquinhas de sorvete e seus pais a conversarem acima dos cocurutos dos filhos, ela, embora se deleitasse com o silêncio que finalmente se instaurara em sua cabeça, lembrava-se preocupadamente de algo que tinha relação direta com ela, e finalmente entendeu o quê. Era um velho conto que havia muitos anos produzira-lhe tamanha impressão que ela nunca mais regressou a ele, de tão bem que aprendera sua lição.

O livrinho falava de uma viagem agradável e muito promissora: um professor e linguista, especialista em dialetos e variedades do árabe, vai por uma semana à orla do deserto, onde estivera alguns anos antes, um lugar do qual conservava as mais ternas recordações. A história começa, por assim dizer, do nariz, com o linguista reconhecendo os odores exóticos que outrora lhe propiciaram tamanha satisfação: fumaça de carne, estrume, o vento que soprava do nada, frutas apodrecendo ao calor. Mas depois a coisa rapidamente chega à língua, como se podia esperar: o dono do café, que ele considerava seu amigo, morreu ou desapareceu e no seu lugar há um outro, um homem carrancudo, desagradável, que se recusa a falar com o professor naquele árabe que domina tão bem, balbuciando algo em um francês estropiado. Dali, o visitante deveria ter voltado ao Grand Hotel Saharien e lá vivenciado com conforto sua desilusão. Mas ele não sossega, tem vontade de receber pelo menos uma parte do sortimento turístico que previamente imaginara com tamanha precisão e conhecimento de causa. É quando um desconhecido sem vontade especial o conduz através de terrenos baldios e quintais até um acampamento de nômades em que seria possível comprar artefatos raros de úberes de camelo, deleites de colecionador, e lá o abandona a Deus dará.

As pessoas do deserto, que não têm noção dos méritos do professor e de como ele ficaria contente de falar com eles em seu dialeto, não pensam muito e, antes que ele consiga abrir a boca, subjugam-no como uma ovelha e cortam-lhe habilmente a língua pela raiz. No dia seguinte, elas saem do lugar e começa para o linguista uma vida absolutamente diferente e imprevista.

Agora seu dever é entreter seus novos proprietários, dançar, rosnar como um urso acorrentado e, com um rugido aterrorizador, atirar-se contra as mulheres daquela tribo, propiciando-lhes alguma alegria. Ele vive em uma névoa de dor e olvido, há tempos sem reconhecer mais quem é e de onde veio. Já domina melhor seu novo ofício, de forma que começam a considerá-lo uma aquisição vantajosa e uma mercadoria que se pode revender. Depois de muitas verstas e travessias, é exatamente isso o que acontece e, em um povoado, em uma casa murada, o professor é entregue em mãos a um honrado comprador. Só que algo dá errado, o vento ou algo mais leva uma fala em francês ao pátio interno fechado e o galo recusa-se a dançar e urrar, sem ele mesmo saber por quê. Depois vem uma contenda sangrenta, cujos detalhes M. esquecera havia tempos – tendo assimilado, porém, com firmeza, como a coisa acabou. O homem que outrora dominara tantas línguas escapa da casa onde estava preso para a liberdade, e ninguém o detém. Vê-se em uma rua semideserta ao poente e observadores indiferentes podem ver como, crispando-se e acocorando-se, e encolhendo a seus olhos, o louco dispara para trás, para o deserto, cada vez mais longe do que fora e deixara de ser seu mundo.

Difícil dizer que relação a história do linguista tinha com a história da escritora M., que nunca soubera direito, como cotovia artística, passar de um dialeto para outro. Ela, como se sabe, nos últimos tempos era escritora só de nome; ora o discurso se recusava a se submeter a ela, ora ela mesma recusava-se a dirigir o discurso. É pouco provável que tivesse se tornado detestável para ela a língua pátria, em geral inocente: indefesa ao ponto de que quem quisesse poderia pendurar nela sinetas nojentas e forçá-la, em um truque inesperado, a imitar o comportamento da besta. No final das contas, como M. sabia, não era a primeira vez que isso acontecia com ela – e não apenas com ela, pois outras línguas também traziam na pele e sob a pele equimoses, cicatrizes, pedaços dentados de metal, vestígios de como os proprietários anteriores as tinham tratado. Não, envergonhar-se da língua era insensato e até injusto, fazia mais sentido apresentar a conta a si mesma, mas M. tampouco fazia isso – mais precisamente, a conta chegava sem nenhuma participação dela, como para aquela mulher à qual toda noite levavam o lenço com o qual ela outrora sufocara seu bebê, e dessa insistência podia-se deduzir que ela vivia no inferno. M. nunca tivera nada em comum com a besta, não compartilhara nem mesa, nem teto; pelo menos, essa era a sua impressão anterior, mas, à medida que a besta, a julgar por tudo, crescera em dimensões e já consistia em todos que outrora tinham vivido no território do país em que ela nascera e muito recentemente dormia e acordava e, ainda, de todos que falavam e escreviam na língua que ela considerava sua, resultava que justamente ela também era a besta. Isto é, claro que era ela mesma, mas também era a besta, ora ela mesma, ora a besta e às vezes notava no rosto ou nos ombros dos interlocutores uma espécie de convulsão, que dizia que a besta era exatamente a primeira coisa que eles viam nela.

Mudar aquilo era aparentemente impossível – mesmo aqueles que não eram como ela, pessoas tão pequeninas quando olhadas de longe, que de repente saíam ao encontro da besta de mãos nuas. Não era possível entender por quê, ao devorá-las, a besta tornava-se com isso apenas maior, apenas mais forte; e a bravura delas inspirava e dava esperança aos compatriotas até o momento em que os heróis eram devorados com um estalido que os transformava em parte do organismo geral, uma espécie de exemplo didático, quadro vivo, natureza morta, para convencer de que não havia esperança. Acontecia que o único meio de livrar-se da besta era livrar-se de si mesma, ou pelo menos calar-se de uma vez por todas para não dizer por engano algo com a voz dela. E, embora em teoria M. tivesse encontrado o que retrucar a essa ideia simplória, suas mãos e corpo, sem falar da língua, agora calavam-se, como se estivessem plenamente de acordo que não precisavam falar.

Mas hoje, hoje

10.

mas hoje M. por puro acaso vira-se de repente fora de sua prévia trajetória clara, como o sanduíche vegetariano esquecido no trem que, quem sabe, continuava a ir para algum lugar ou encontrara um comedor do seu agrado. O vento trazia pelo asfalto algo miúdo, rosado, que subia fácil: eram pétalas de sakura, só que falsas, de papel, de um pacote que caíra no chão, não muito longe. Não é que a escritora sentisse de repente algo diferente ou inesperado, mas uma parte dela estava ou anestesiada, ou simplesmente sumira de forma temporária, como se M. tivesse tirado um peso da cabeça ou pelo menos da parte superior da cabeça e assim tivesse se tornado fresca e jovem. Por isso, não nos espantamos por ela de repente comportar-se como não lhe era peculiar, como se não fosse ela mesma, mas sim uma terceira ou até quarta pessoa. O que aconteceu foi exatamente o seguinte: quando, dentre os transeuntes, alheios e quase indiferentes, surgiram de repente costas vagamente conhecidas, depois cada vez mais reconhecíveis, ela levantou-se de uma vez do lugar e, sem saber por quê, foi atrás delas justamente como teria se portado no caso aquela artista francesa, sem se perturbar por culpa, vergonha, acanhamento, insegurança e a bagagem mental restante.

O homem de grampos – todos eles estavam no lugar e até brilhavam de leve ao sol, sem deixar os cabelos claros se dispersarem – caminhava não se sabia para onde com seu passo largo; parecia um esportista, um saltador em altura ou um tenista, que acabara de concluir o treino, saíra da ducha e esticava as pernas com a precisão com a qual batia na bola junto à rede. A sensata M. mantinha-se a uma distância dele, mas a rua conduzia a ambos, como se fosse um rio com ressacas e torvelinhos; surgiam ora cruzamentos, ora vitrines com livros, e a distância entre eles ora esticava-se, ora abreviava-se. M. freava, atravessava para o outro lado da rua e fumava como um autêntico espião, tentando ficar discreta e despercebida, obtendo cada vez mais satisfação com a brincadeira pouco decorosa que inventara.

Se tivesse tempo de pensar e refletir, claro que entenderia o quão duvidosa era sua conduta, e até se perguntaria do que precisava daquele homem, além de olhar para suas omoplatas e mãos, e como se explicaria depois para si mesma. Mas os movimentos coordenados e as medidas de precaução necessárias distraíam-na de tais ideias, e de todas em geral; em compensação, ela vira que ele de fato estivera recentemente na ducha e que trocara a camiseta fresca por uma outra, que em nada se diferenciava da anterior, e que caminhava a passos largos, mas para onde se dirigia ela não sabia. Imperceptivelmente, a cidade ao redor deles rareava e o objeto de interesse dela não ia para o passeio à beira-mar, o que teria sido natural, mas não se sabia para onde ia; vitrines e cafés já tinham ficado havia tempos para trás, vieram ruas vazias com carros estacionados, varandas com guarda-chuvas e caixas de flores, depois nem isso; começou um subúrbio de aspecto ermo, onde cada caminho atravessava um deserto, à curva faiscou um posto de gasolina, depois havia uns depósitos e garagens de ferro, M. desacelerou o passo o quanto pôde e arrastou-se bem atrás, sem se perguntar se ainda devia andar por muito tempo, e o que viria depois. Não havia ninguém ali além de M. e daquele tipo de grampos, eram uma pequena procissão de duas pessoas; à frente, no topo de uma montanha verde, branquejava um edifício branco, algo como um hotel ou hospital, e mais perto e à direita, avistavam-se tendas empoeiradas, reboques, trailers e um cartaz drapejado com a inscrição "Circo Peter Kon". Tão longe ela fora, e não era a primeira vez naquele estranho dia em que se via lá, onde recentemente estivera, como se fosse um peão de xadrez que giraram na mão e devolveram à casa anterior.

Então aconteceu exatamente o que ela imaginara antes: o objeto de seu interesse, que caminhava sozinho e caminhava sem prestar atenção no que estava em volta e atrás, de repente freou, virou-se de cara para M. e avançou em sua direção com tamanha energia e indignação que, em um instante, percorreu os cinquenta metros que os separavam.

Ficou ainda mais compreensível o quão grande ele era, seus olhos eram pálidos, desagradáveis, e ele se portava como se ela tivesse metido a mão em seu bolso para bater-lhe a carteira e ele a tivesse pego pela mão e não soltasse. Ele até curvou-se de leve para intimidá-la definitivamente e a leviandade e a coragem abandonaram a escritora por completo. Que vou fazer, meu Deus, gemia em sua cabeça, e ao mesmo tempo aquele homem perguntava-lhe exatamente o que esperava: "Por que está vindo atrás de mim e o que quer de mim?"

11.

A escritora retrocedeu, sua pessoa interior estremeceu e balbuciou como um arbusto ao vento, mas o invólucro exterior portou-se de forma imprevista: ela ergueu o queixo com dignidade e respondeu pausadamente em inglês que não entendia o que seu interlocutor queria dizer e que, caso quisesse saber, ela estava se dirigindo ao circo Peter Kon – e abanou a cabeça, apontando para as tendas e caminhões. Os olhos pálidos estudaram-na por mais meio minuto, e depois o homem dos grampos disse de forma seca: *Ok, my apologies*, virou-se e seguiu seu caminho, girando-se para olhar desconfiado algumas vezes ainda no caminho.

Não havia o que fazer, tinha que desviar para o circo, cujo entorno estava deserto e despovoado, embora os cartazes coloridos chamassem para a apresentação noturna. M. mal se lembrava de quando estivera em um circo pela última vez; as feras amestradas passavam pesadamente de pedestal para pedestal, e seus confrades obedientemente enfiando o nariz em cartões com números que lhes eram indiferentes fizeram-na encolher-se angustiada, os palhaços não eram engraçados, eram assustadores, e apenas a acrobata de lantejoulas, rodopiando sob a cúpula em sentido anti-horário, incutia-lhe uma espécie de solidariedade respeitosa. Claro que na infância tudo era diferente, mas o que agora restara em sua memória não era o próprio circo, mas um velho filme sobre um circo em que uma diva estrangeira dançava sapateado e voava de um canhão direto para a lua, e depois tirava da cabeça a peruca preta curta e ria para a sala, balançando a cândida cabeça de palha.

O filme foi rodado em 1938, bem no ápice das prisões, fuzilamentos e condenações aos campos, e terminava com uma cena de júbilo geral: na arena, erguia-se uma construção enorme, uma espécie de bolo de muitos andares, a irradiar brancura e, em cada camada, agitavam mãos e braços jovens cidadãs de calção esportivo curto. Esse balanço coletivo assinalava uma nova vida e nova felicidade, embora não tivesse as inscrições de esclarecimento dos maços de cigarro. Em algum lugar da casa trancada e abandonada de M., conservava-se uma fotografia que ela herdara de um ser desconhecido, talvez uma parente distante, estendida em uma rede, na *datcha*, de cara jogada para trás e abrindo largamente os bonitos e rechonchudos braços. No verso havia uma legenda: "verão de 1938", o terrível verão de 1938, e nada mais. Não se sabe se a jovem dama estava ciente do que acontecia ao seu redor, qual era o estalido de ossos e o volume da papa de sangue; e quem sabe como o ano terminou para ela mesma, afinal a besta naquela época acabara de pegar o gosto e não se fartava de comer. A propósito, M. não sabia se era a mesma fera ou outra da mesma raça, mas o modo de ação era reconhecido, elas sempre se portavam de forma igual e tinham como alimento uma única e mesma coisa.

É totalmente incompreensível por que qualquer ideia ou recordação de forma rápida e inalterável levavam M. a pensar na besta e seu mecanismo. No final das contas, isso era simplesmente uma falta de educação com relação ao mundo que a cercava, com relação a tudo que não era a besta – e merecia plenamente atenção por si só, ainda mais coisas como o circo ou o balé, que foram pensadas especialmente para distrair por um breve tempo o espectador de sua própria vida, e não para enfiar nela o nariz, como um cachorro que faz uma poça no lugar inadequado. Em vez do filme antigo sobre a vida feliz do coletivo triunfante, M. poderia ter se lembrado de algo absolutamente diferente, estimulante; pelo menos o filme sobre um anjo que visita um circo errante, apaixona-se pela acrobata e fica pronto a se transformar em um vulgar animal humano só para viver ao lado dela. Mas, infelizmente, para as pessoas vindas dos lugares onde a escritora passara quase a vida inteira, mesmo o balé clássico em que uma fileira de cisnes de trajes brancos inclina o pescoço e estica para o lado os braços-asas era associado em primeiro lugar à mudança de regime estatal, mas o porquê já ninguém se lembrava exatamente.

Detrás da cerca de lona, a grama era completamente inerte, fatigada, com calvas, e a bilheteria estava vazia, embora faltasse menos de uma hora para o começo. Junto ao trailer afastado, homens de macacão azul mexiam com algo mecânico, enfiando-se alternadamente sob sua barriga; na grande barraca havia um banco de madeira comprido feito à mão e, em cima dele, uma lata de ferro com bitucas de cigarro, e duas moças de idade indefinida a cada instante curvavam-se para o chão para sacudir as leves cinzas de cigarro. M. sentou-se na extremidade oposta, dizendo estou sozinha, e também se pôs a fumar e fitar as sombras que se alongavam.

Claro que, com o canto dos olhos, ela também olhava para as vizinhas de banco, que fitavam sob seus pés, como se entre elas tudo estivesse decidido e não houvesse por que falar. A que estava sentada mais perto dela manifestava com todo o corpo uma espécie de protesto imóvel, de prontidão cansada para, a qualquer minuto, oferecer a resistência feminina à ordem mundial. Podia ter quarenta e cinco anos, ou trinta, M. já havia tempos desaprendera a determinar a idade humana a olho nu – as pessoas ao redor sempre lhe pareciam substancialmente mais velhas ou mais jovens do que ela mesma, como se ela se encontrasse em um ponto com o qual não houvesse qualquer possibilidade de coincidir exteriormente. Essa moça era pequena, de cabelos curtos, nariz afilado, com um piercing grosso nas sobrancelhas incolores, e suas pernas nos shorts enrolados despertavam especial interesse: dos tornozelos ralos, subindo até onde a vista alcançava, vinha uma tatuagem estranha, como M. nunca vira. Ela cobria toda a superfície da pele sem intervalo, como uma meia-calça de renda de desenho requintado, e representava uma camada de cabelos – caracóis grandes e espessos, que subiam cada vez mais até a virilha, com uma espessura que fazia lembrar escamas de *russalka*[4].

Muitos anos antes, mostraram a M. uma escultura medieval em um portão alemão; agora já não dava para lembrar o que simbolizava. Devia ser uma mulher da floresta ou algo assim, estendendo-se tão folgadamente que era uma delícia de ver, e nada a perturbava: nem o fato de estar nua, nem as pernas, densamente cobertas de uma penugem encaracolada com a qual sua contemporânea mortal teria ficado constrangida. Afinal, os cabelos das pernas eram uma espécie de continuação daquilo que se chamava de vergonha e o costume era escondê-lo debaixo da roupa, como uma fera selvagem, uma raposa, pronta para irromper para fora e morder a todos. M. conhecia a antiga história do rei Salomão e da jovem rainha que viera de países distantes para

---

4 Ninfa eslava das águas.

aprender sabedoria com ele. O rei, naturalmente, tinha outros planos para ela, e o primeiro deles era submetê-la, ensinar-lhe a vergonha e a vexação, o medo e o temor, para que não pretendesse demais. E eis que, num dos cômodos do palácio, montaram uma espécie de tanque e, em cima, colocaram uma camada de vidro, bastante transparente e forte, e embaixo dela vagavam peixes dourados, carpas arregalavam os olhos e algas balançavam. E quando a rainha Belkiss, solenemente conduzida pelo braço por Salomão, viu-se de repente à beira do abismo, com um movimento rápido subiu a saia para não molhar, como teria feito qualquer uma de nós. E assim foi visto e conhecido que suas pernas eram peludas e isso foi suficiente para uma quantidade de homens eruditos atribuírem-lhe cascos de burro como os do demônio, falta de escrúpulos nas relações amorosas e desejo de ir atrás de qualquer jovem que lhe agradasse com as intenções mais baixas. Mas foi principalmente aos olhos do rei que ela se traíra ao desnudar e expor sua natureza animal – isto é, bestial – e depois disso não podia mais compartilhar o trono com ele, nem conversar como igual. Se você pensar, uma paga amarga pelo desejo de aprender bom senso com alguém de quem muito ouvira falar – e assim, com grande esforço, mulheres de todos os tempos empenharam-se em remover o vergonhoso matagal, como se ele jamais tivesse existido. Ou seja, a mulher da floresta, em sua nudez peluda, era não simplesmente uma exceção à regra, mas um emblema da alteridade ameaçadora; mas isso, aparentemente, não lhe importava nada, e ela estava satisfeita consigo e com o mundo, diferentemente de muitas de nós.

A escritora M. estava tão entretida com essa ideia que não reparou imediatamente que na outra ponta do banco transcorria uma conversa em voz baixa, que ela entendia sem qualquer esforço. Quem falava era a segunda moça, mais jovem, e Pernas ouvia e ficava calada, sacudindo os chinelos de borracha sobre a relva do solo cozido.

Ele disse que sem leão não tem número, só vamos gastar gasolina à toa, disse em voz baixa a segunda. Ele é um tipo que entende tudo, que simpatiza, é assim. Mas, ele diz, eu fiz um acordo com ele, com o leão, o contrato foi assinado também com o leão. O leão foi enterrado, passaram duas semanas, não há ninguém para soltar no picadeiro, precisamos decidir algo, ele disse.

E o que decidir, proferiu Pernas, de forma seca. M. não olhava na direção delas, mas distinguiu o estalo de um isqueiro e o som prolongado de uma baforada.

Ele já tem alguém para substituir, sei com certeza. Também dá para entender, não? Qual é o circo sem truques? Vai nos largar e não vai olhar para trás, ficaremos aqui, ainda por cima com todo o equipamento, tudo que sobrou do leão. Onde vou meter o sarcófago? Tampouco tenho onde morar. Vai chegar o pagamento do último mês, e depois o quê? E daí, ele vai me pagar uma pensão em homenagem ao leão?

Claro, disse Pernas, e depois voltou a se fazer silêncio. Em algum lugar, ao longe, para lá da cerca, passava uma ambulância, mas sua sirene penetrante desapareceu rapidamente.

O principal é que aquele cachorro me prometeu.

Kon?

Não, o finado Leão. Ele me prometeu fazer um número especialmente para mim – três dias antes de morrer. Não simplesmente rodar a bunda e ficar deitada debaixo da serra: vou lhe ensinar o truque de vovó, ele disse, o da mnemotécnica, você vai se sentar de fraque negro na cadeira vienense e adivinhar a carta que está com o público.

Ambas se calaram, apenas o cascalho sacudia sob os pés daquela que agora se levantara e ia para lá e para cá, em frente ao banco. Ela era alta e aquilo que chamam de esbelta, tinha os olhos saltados e os lábios também, pernas fortes que subiam como troncos de árvores sob a saia, uma trança grossa arranjada em volta da cabeça à moda imperial, e apenas o rosto parecia um pouquinho inchado ou cavado, embora nele os olhos nítidos e penetrantes estivessem desenhados com rímel preto.

M., embora auscultasse a conversa com grande atenção, ainda mais porque ela transcorria, surpreendentemente, em sua língua materna, só então teve clareza de que o leão, aparentemente, não era uma fera africana, mas um querido defunto do gênero humano, um nome com letra maiúscula. Ela aparentemente deixara escapar algo essencial no começo, e com maior esforço tentava esclarecer de que se falava, como se disso dependesse o futuro dela, M.

Estou lhe dizendo, vamos dar conta direito, disse Pernas, como se todas elas, as três, soubessem muito bem exatamente de quê. A mecânica é simples, as manobras do Leão você já deve ter decorado nesse tempo. A questão é encontrar alguém para substituir você. Mas não seja boba, vamos pelo menos tentar. Ninguém virá, a alta respondeu com a mesma voz, como se já tivesse sopesado na cabeça mais de uma vez a possibilidade, e estivesse convicta de que não havia com quem contar. Ninguém virá. Para que fariam isso? E o Leão era, como você sabe...

Sim, concordou a segunda, depois de pensar um pouco. O Leão era um homem futriqueiro.

12.

M. pôs-se a falar com elas em inglês, como se isso fosse mais natural em uma situação complexa, como de fato era. A questão da língua não tinha mais uma resposta tolerável; para evitá-la, precisava agora usar o inglês, que parecia neutro, salvadoramente higiênico – e se alguém tivesse perguntas para ela, elas pelo menos não teriam relação com a besta, na qual as pessoas do país de que M. viera, e as que moravam nos Estados vizinhos, pensavam constantemente. Onde tinham nascido as duas mulheres do banco M. não teria podido dizer de imediato, mas sua boca, como que sozinha, sem pedir conselhos, já formulava e emitia frases inglesas, e ela decidira por enquanto não se meter. Desculpe, disse a boca, mas eu as estava escutando – será que eu poderia ajudar em alguma coisa, ser útil? O que preciso fazer, qual é o seu problema?

As damas encararam M. com quatro olhos perplexos, e ela ergueu os braços, compreendendo que sua intromissão parecia, para dizer o mínimo, estranhíssima. Perdão, ela repetiu, não fiz de propósito, simplesmente entendi o que estavam dizendo. Precisam de alguém, de uma assistente para os truques?

Pernas enfiou o cigarro que não terminara de fumar na lata e virou-se de corpo inteiro para a escritora, estudando-a desconfiada e zangada. A alta cambaleou, deu de ombros e perguntou o previsível: mas quem afinal é a senhora? O que está fazendo aqui?

Vim para o circo, disse a empreendedora M., meu trem foi cancelado, e eu vim para o circo, para a apresentação. Só que ela não começa, por quê? Vim de H., cancelaram meu trem, e disseram que aqui havia um circo.

As mulheres se entreolharam e de alguma forma ficaram imediatamente mais cordiais, pelo visto o absurdo da situação dispusera-as em favor de M. mais do que ela merecia. Haverá, haverá apresentação, assegurou-lhe Pernas, abrimos a bilheteria às oito e meia. Os locais já sabem de tudo, eles não aparecem antes. Os cartazes são velhos.

E vocês se apresentam hoje, confirmou M., e depois continuou, sem entender por que insistia: não, é verdade, se precisam de um voluntário na sala, eu posso, não é difícil para mim.

A alta riu e olhou para a amiga, como se a convidasse a partilhar a piada, mas não obteve olhar de resposta. Pernas estudava M. com interesse puramente comercial, levando em conta o porte físico e qualidades ainda não vistas. Mas não, disse a segunda, em russo, ela não serve, e a estatura é alta demais. Dá para tentar, proferiu Pernas, pensativa, *at least we can try*. Consegue se levantar, caminhar? Praticou esporte?

E eis que já se sentavam em três no banco, e ainda veio até elas um cão amarelo sem dono e deitou-se à distância de lado, esticando as patas sonolentas, e elas discutiram seu negócio em uma língua que não era de nenhuma delas e, ainda por cima, tampouco era a da terra em que todas se encontravam. Gradualmente a questão chegou à construção do sarcófago misterioso e surgiu a necessidade de examiná-lo e testá-lo no local, ver se elas conseguiriam algo e se M. poderia cumprir a tarefa que tinha diante de si. E assim foram para os bastidores do circo, abrindo caminho pela multidão, agora que lá havia gente por toda parte, apertada junto à bilheteria, comprando bebidas e roscas no quiosque, e ouviu-se o som de um trompete, ao mesmo tempo distante e próximo, convocando à ação e à prontidão.

O sarcófago era de fato imenso, incomensurável, não se parecia com nada além de si mesmo, refletindo o vidro escuro vazado, firmemente montado em um cavalete, e dava a impressão de puxar para si a perigosa penumbra de verão. No topo foram cortados orifícios redondos, dois embaixo, um em cima; a parte superior foi levantada, como uma tampa, com um estalo de mola, e revelou-se o interior aveludado. Deite-se, disse a mais nova. De costas, assim mesmo, vire os ombros, e agora puxe, puxe os joelhos até o queixo, mais-mais-mais, bravo! Obediente, M. enroscou-se como o embrião do quadro antigo, espantando-se por seu corpo portar-se como se não fosse nada de extraordinário e estivesse contente com o esforço. Agora vire-se de lado e deixe a cabeça como estava, consegue? O corpo, gemendo, realizou também isso, formando um nó, e o pescoço começou a intumescer. Vamos fechar, informou a tatuada. A tampa ficou no lugar com uma suave batida. A cabeça de M. assomava dos orifícios do sarcófago, não havia em que se apoiar além da dor. As moças verificaram algo, ajustavam sem pressa, como se não olhassem. Uma pancada, um estalo; acima novamente um deslizar, abrindo-se e a escritora com prazer desceu pelo revestimento de pelúcia e balançou a cabeça, ajeitando-a de forma mais confortável. Não foi tão mal, informou, ao lado, a de cabelo curto, passa, passa.

O recinto à meia-luz cheirava a óleo negro e álcool, havia roupas penduradas nos espaldares das cadeiras, esporadicamente chegavam aplausos e risos. M. estava deitada, descansando, e nem sequer girava a cabeça. As moças conferenciavam sobre algo a meia-voz, como se tivessem se esquecido dela. Vou falar com Kon, prometeu a alta. Ele não vai recusar? – duvidou a segunda. Direi que tem uma substituta, para ele tanto faz, não vai interrogar. Simplesmente não a mostre a ninguém enquanto não tivermos terminado o trabalho.

M. de repente começou a cair de novo no sono, como se fosse um balão de ar em um fio fininho, que ora era puxado, ora solto de forma lenta, penosa. O teto para o qual ela se precipitava era inalcançavelmente alto. Em compensação, de cima, da penumbra, era possível examinar o ventre aberto do sarcófago e seu próprio corpo, de joelhos erguidos e a linha da boca torta, de ratazana. Vozes femininas discutiam quanto lhe pagariam. Depois uma delas como que cortou a névoa de veludo e disse alegremente que estava na hora de levantar, e M. mexeu-se em sua caixa e juntou as pernas, pronta para saltar.

Não é tão mal, a de cabelos curtos disse mais uma vez, dá para trabalhar. O principal é não se virar e segurar as pernas como as encolheu, segure como sua querida alma, entendeu? M. assentiu, batendo os olhos de forma sonolenta – chegara a tamanho aconchego que ainda não estava plenamente de acordo em separar-se do sarcófago. Além disso, fora dos limites do recinto, o estrondo era tão forte que ela não entendeu de imediato que aquilo já não eram aplausos, e sim uma verdadeira tempestade que se abatia sobre o circo e sacudia de fora as precárias paredes. Pois bem, então você vem amanhã, a de cabelo curto combinou com ela, ensaiamos mais uma vez, verificamos tudo e aperfeiçoamos imediatamente. É nossa última noite, no domingo desmontamos tudo e seguimos em frente, só vai precisar ajudar amanhã. A propósito, e você, minha amiga, de onde é e por que sabe russo?

A pergunta, que hoje não atingia M. pela primeira vez, precisaria de uma resposta detalhada, ainda mais agora, exatamente com aquelas interlocutoras. Mas M., por algum motivo, não queria saber de onde elas vinham, como se o desconhecimento pudesse salvá-la da culpa que ela de uma forma ou de outra tinha nos ombros, e assim voltou a se ensimesmar e apenas acompanhou como o próprio corpo, sem qualquer participação dela mesma, adquiriu audácia, sopesou as variantes e deu a resposta mais leviana e inverossímil e, como se viu, a mais aceitável. Sou do sul, o corpo disse e abanou a cabeça, designando indefinidamente a direção e o afastamento daquele sul, aprendemos na escola, segunda língua estrangeira. Por algum motivo, isso não provocou nas moças nem desconfiança, nem alarme. Sim, quem não aprendeu isso, disse a de trança, indiferente, meia Europa, se não fala, entende. E então, vai embora ou vai esperar a tempestade passar? Você queria vir ao circo – agora nós a levamos, colocamos lá, Kon tem um programa normal, sem biscate. Então você vem amanhã? Não vá nos enganar.

13.

Na primeira fileira, bem junto à cortina de frente, no maravilho-so mundo novo que lhe é absolutamente indiferente, a escritora M. definitivamente ora recaía na infância, ora caía para fora de si, como uma chave tombando do bolso: fora, havia estrépido e rajadas horizontais de vento, dentro, um brilho contínuo, um esplendor e maravilhas que contemplava de boca aberta, aper-tando os punhos na barriga. Já não sei o que aconteceu na pri-meira parte, que ela passou experimentando o caixão de cristal, mas na segunda tudo foi como se para ela, pequena, tivessem finalmente arrumado uma mesa de festa com fogos de artifício e refrigerante em copos de vidro vermelho-escuro, e ela, aos qua-tro anos de idade, ora batia palmas, ora agradecia candidamente ao universo materno por ter lhe cabido tamanha sorte. Primei-ramente, entrou na arena uma loira grande com espartilho de joias e operou milagres de volteios no lombo de um cavalo bran-co, tão seguro como se não fosse em absoluto um cavalo, mas um estável canapé de pés curtos, que por algum motivo cavalga-va em círculos e mais círculos, não impedindo nem um pouco sua dona de fazer pose e até deitar-se atravessada em cima dele. Depois, um homem de preto e aspecto insignificante começou a atirar à beldade uns pinos de boliche, e ela apanhou-os habil-mente e fez malabarismos acima da própria cabeça, e o cavalo obedientemente começou a marchar a passo, para que todos vissem como estavam se saindo bem. Daí, abaixaram as luzes e soou um rufar de tambores, aquele, o de preto, ergueu-se de um salto e colocou uma venda nos olhos do cavalinho, pelo visto, não querendo agitá-lo à toa, e se pôs a acender as tochas mais verdadeiras e largá-las ao lado da ginete – e ela apanhava-as e girava-as no ar escuro, lançando para o alto uma, outra, a terceira, até que acima dela formou-se uma espécie de roda luminosa de fogo. O público da cidade de F. saudou-a com aplausos tais que parecia que nada de mais lindo seria mostrado, mas aquilo era apenas o começo.

Depois havia, vocês não vão acreditar, leões. M. até achou que ainda estava deitada no sarcófago, apenas sonhava com o que estava acontecendo – afinal, encontrava-se em um Estado esclarecido, em que o uso de animais no circo não era estimado nem em seus rincões mais afastados. Mas eram os mais autênticos leões, ameaçadores, de patas grandiosas e todo-poderosas. E como rugiam para o domador quando ele passava de um para outro e mandava ora que se sentassem, ora que se deitassem, ora que saltassem! Depois, diante de um gemido abafado geral, tirou o casaco, curvou-se e enfiou a cabeça dentro da goela aberta do maior dos animais, ficou assim e tirou-a intacta. Mas que encanto! Os leões ainda correram em volta do picadeiro, como se fossem de corda, e pareciam realmente carregar suas caudas e jubas.

Esse espetáculo lembrava algo vago e ademais distinto, como quando você remexe em uma bolsa e sabe o que pode encontrar lá e o que certamente não há (por exemplo, uma cobra venenosa ou, digamos, a mão de um batedor de carteiras). M. já tinha quase entendido o que tateava em sua economia mental quando de repente, trotando com pés de tule, surgiu em cena uma garota em uma enorme bola azul que se deslocou em cima dela por um longo tempo para lá e para cá, remexendo os quadris ao som de música para violino; não dava para pensar em mais nada. À frente, havia ainda acrobatas aéreas, isso estava escrito no programa que lhe enfiara na mão uma pessoa com tatuagem e alma bondosa, a qual também lhe emprestara um carregador para alimentar o telefone que ficara no hotel. Acrobatas sob a cúpula, o homem-montanha, uma sessão de leitura de pensamentos – tudo isso foi prometido à nossa M., e o ponto alto deveria ser o dia seguinte, quando ela tencionava ser uma parte inalienável da apresentação, seu cerne, embora não totalmente comestível, como o caroço de um pêssego.

E o prometido foi-lhe entregue por completo: um fortão de collant agachou-se e endireitou-se segurando nos ombros uma plataforma inteira como um velho automóvel aparentemente impossível de levantar, uma velha de xale chamou um homem e uma mulher do recinto e disse seus nomes e onde nasceram, os acrobatas aéreos cintilaram sob a cúpula como peixes dourados, voando da sombra para a luz, de trapézio em trapézio, e M. estava muito feliz, como se nem fosse ela mesma, mas outra pessoa. A ideia de que apenas sonhara com aquelas maravilhas não a deixava em paz, mas quando ela caminhava de volta para o hotel na noite úmida de arrepiar, seguindo as costas dos cidadãos que saíam do circo, o sapato ficou molhado e a terra colava nas solas, o que queria dizer que tudo fora real, de verdade.

Ademais, lembrou-se finalmente de que tentara, e até exclamou de satisfação: era como se em cima da sua cama estivesse pendurado havia muitos anos um quadro retratando um bosque sonolento e uma vereda iluminada pelo sol, e você a vida inteira imaginasse, ao adormecer, que com um movimento se veria dentro dele e daí partiria não se sabe para onde, pisando nas raízes, e atrás de si ficaria um quarto vazio, e ninguém teria noção de onde você estava nem de quem era. Acontece que, na cabeça de M., havia um quadro similar – não um quadro, sequer uma imagem, mas um livro que lera outrora e esquecera, como você só se esquece das coisas que amou muito, e pode-se dizer que amou até o fim, completamente. Mas agora o livro novamente descortinava-se em sua cabeça, como se portas duplas se escancarassem, e M. estivesse na soleira.

O livro era infantil, escrito em versos – parte de uma série de meia dúzia de livros sobre uma menina que mora na cidade de Paris, em um internato católico, mas isso não a impede de se meter em histórias e vivenciar aventuras espantosas, e essa era uma delas. Lá também havia uma tempestade, enorme e assustadora, e o aguaceiro cobriu a roda gigante em que as meninas católicas estavam em uma excursão de domingo. A roda para, as meninas se distribuem por táxis, todas voltam para casa – e só então fica claro que no topo da roda, em uma cabinezinha amarela, ficou uma delas, e mais um menino local, seu amigo. E quando as freiras voltam para o parque de diversões vazio, claro que não há mais crianças, e ninguém sabe onde foram parar.

No quarto de hotel, tudo estava em ordem: as botas secas junto à parede, o telefone sem sentido, e a coberta azul, formando uma onda no meio da cama em que ela se deitara havia algumas horas. Ninguém sabe, continuou M., como se contasse uma história a alguém antes do sono, que a menina e o menino que estavam na cabinezinha bem embaixo do céu foram salvos por acrobatas de um circo errante – eles os salvaram, aqueceram, deram bebida quente, agasalharam e botaram para dormir. E de manhã o circo seguiu vagando, e as crianças foram com ele e ficaram muito felizes.

E como a gente do circo tem que ganhar seu pão, para a menina e o menino também encontrou-se uma ocupação, e muito honrosa: a dona do circo costurou-lhes uma pele de leão, absolutamente igual à de verdade e, na apresentação, eles se metiam nela. A menina era as patas dianteiras do leão, o menino, as traseiras, e eles rugiam provavelmente em coro e, assim, trabalhando de leão, rodaram por todo o mundo, banhavam-se em fontes em vez de banheiros, nunca tendo medo de nada, nunca dormindo antes da meia-noite, tamanha era sua sorte.

M. não se pôs a recordar como o livro terminava, mas era o que se chama de *happy end*, com o regresso à casa e uma xícara de leite quente antes do sono; as crianças, aparentemente, não foram contra; os artistas do circo, embora lamentassem, aguentaram corajosamente, e se fosse possível voltar para casa, a escritora M. apenas ficaria contente pelos heróis alheios. Mas a assim chamada verdade da vida, termo frequentemente empregado em sua juventude, consistia em que, com grande probabilidade, se você regressasse para onde queria, encontraria no lugar da casa um local vazio. E aconteceria de receberem você com alegria, esquentarem o leite, botarem para dormir, e à noite de repente transformarem-se em mortos-vivos irreconhecíveis que vão despedaçar quem adormeceu, de tanto que tudo mudou em sua terra natal enquanto você estava sabe-se lá onde. Em geral, não tinha absolutamente vontade de matutar sobre o regresso, mas a parte do livro em que o circo aparece e desaparece, cruza fronteiras nacionais e segue adiante, até onde a vista alcança, com a menina e o menino, provocavam-lhe hoje os sentimentos mais ardentes, como se ela não estivesse contando tudo isso para si mesma, mas ouvindo, de respiração presa e agarrada à borda do cobertor.

Assim ela adormeceu, levando plenamente em conta que o carregador que a circense tatuada lhe dera estava na bolsa, como antes, e a bolsa na poltrona, e a poltrona debaixo da janela, enquanto o telefone morto ela enfiara na gaveta da mesa de cabeceira, sem ligá-lo a nada e sem fazer nada para restabelecer sua ligação com o mundo de ontem.

14.

M. dormiu, dormiu e não sonhou nada, nem aquele sonho que seria especialmente oportuno agora – ela dirigindo tranquilamente o carro pelas ruas da cidade até se lembrar de repente que não tinha carteira de motorista e que, se fosse parada, não poderia evitar contratempos. Mas, naquela noite, ela simplesmente descansou no tubo negro de veludo que lembrava vagamente o sarcófago da véspera e, de manhã, estava animada e pronta para aventuras e acontecimentos. O novo dia tinha tempo bom, a tempestade da véspera lavara-o a fundo. Embora o aposento do café da manhã estivesse cheio, ela encontrou uma mesinha sob a janela e, numa cuba especial, cheia até a borda, havia avelãs, que podiam ser adicionadas aos flocos de aveia, cobrindo com iogurte azedo branco e, para alegrar ainda mais, jogando mel em cima. M. estava faminta, serena, e do telefone que continuava na gaveta, ao lado da bíblia do hotel, lembrava-se com um olhar predador, como de um perigo do qual conseguira escapar graças a astúcia e sagacidade.

No fato de não se permitir sequer pensar em olhar agora para onde de qualquer maneira teria que regressar, se não de imediato, então muito rápido, havia uma espécie de volúpia infantil: como quando, na juventude, você pensa em suicídio ou em uma trágica morte prematura e imagina detalhadamente como todos vão pranteá-la e punir-se por terem se descuidado.

De forma similar, agradava-lhe agora imaginar que nenhum de seus conhecidos (e alguns deles não eram simples conhecidos, mas até queridos) agora simplesmente não conseguiriam não apenas alcançá-la, como imaginar onde ela fora parar. A partir dessa sensação desconhecida, como se ela tivesse saltado uma cerca invisível e se tornado ela mesma invisível e livre, seus limites pareciam ter se afiado e irradiavam um brilho de aço; alguém de fora poderia facilmente cortar a mão neles, ela estava em uma zona de segurança nitidamente delineada e mesmo a palavra "zona" agora não a inquietava. A sensação era a seguinte: qualquer objeto estava ao alcance da mão, ela estava ligada a eles pela mesma e única distância superável e, portanto, dava na mesma o que fazer e o que não fazer, qualquer conduta insignificante, como passar pão na manteiga, delineava êxito e prometia o passo seguinte.

E à sua frente havia o longo, bem longo dia de sábado, o melhor dia de qualquer semana, quando tudo anterior a ontem era uma eternidade inteira e, à frente, havia ainda muitas horas de liberdade e, depois delas, mais um dia livre, por começar e intacto. Quando ela saiu pela soleira, o vento do mar voltou a balouçar e abraçá-la pelos flancos. Não estavam previstas quaisquer obrigações até a noite, quando a escritora M. era aguardada pelo sarcófago, pela luz ofuscante e até por aplausos, e ela foi para os lados do cais, que ainda não vira, mas devia – não era à toa que se encontrava na cidade de F., célebre justamente por sua posição geográfica.

Mas como o novo sentimento de engano bem-sucedido ou algo assim era instável, ainda verde e pouco firme, M. deslocava-se não com o passo imperioso de quem sabe tudo a respeito de si mesma e de seu destino, nem com a andadura fluida do *flâneur* que não escolhe para onde flanar, mas com um zigue-zague irregular, gelando à frente de cada ceninha de rua ou cartaz com publicidade em busca de dica ou dissuasão.

Por exemplo, na fila do ponto de ônibus fora colocado o anúncio colorido de um serviço ou escritório de impressão que produzia impressoras e, nele, estava retratado um homem com uma covinha no queixo, fitando com reproche, como se ainda não estivesse completamente desiludido com você e acreditasse na possibilidade de mudança para o melhor. "Escreva! Seu! Livro!", proclamava o letreiro e, ao ver isso, a M. livre e sabática, que não queria escrever nada, começou a olhar para o outro lado, e a escritura rudimentar, quase ressequida, fazia-se notar com uma pontada desagradável em algum lugar na região da nuca.

Junto ao quiosque em que vendiam sorvete, *eis*[5] na língua local, formara-se uma espécie de barragem: as pessoas que avançavam na direção do mar e aquelas que vinham de lá aqui desaceleravam a marcha e tornavam-se parte da fila do refresco. Ali mesmo, a um passo, um casal de enamorados que não encontraram forças para se afastar por um par de metros beijava-se atentamente, sem se esquecer de morder alternadamente as bolas rosadas da casquinha estreita de waffle. M. observava-os com uma atenção indecorosa, retardando especialmente o passo e registrando em si uma espécie de simpatia para com aquela graciosa dupla; tinha a sensação de que aquelas coisas não se referiam mais a ela, a economia da escolha e da troca erótica deixara de ter a ver com ela, e tudo que ela experimentava a esse respeito

---

5 *Eis* é a palavra alemã para gelo e sorvete.

era alívio, como se lhe tivessem removido a obrigação de pagar uma dívida antiga vinda sabe Deus de onde. Isso, por algum motivo, não a impedia de olhar para os passantes com olhos, pode-se dizer, de amor, destacando ora a posição da cabeça, ora o traço da saia, mas esse amor era escorregadio, embotado e resumia-se à simples aprovação, abençoando o jato curvado e oblíquo da fontezinha de pedra da mesma forma que os movimentos e formas dos seus confrades humanos.

Do outro lado, no semáforo, havia exatamente três pessoas, sendo duas mulheres, uma velha e uma jovem, trajando vestidos com padrões imperceptivelmente parecidos, como se tivessem acabado de comprá-los na mesma loja e decidido usar imediatamente. Seu acompanhante também era jovem, de barbicha, igual à que todos agora usavam, como se estivéssemos em uma corte do começo do século XX ainda não destruída pela catástrofe geral e definitiva. Enquanto M. fitava-os, ele de repente inclinou-se e, de forma rápida e meiga, beijou a mão da mais velha, e depois eles seguiram caminho e sumiram de vista de uma vez. M. também resolveu fazer uma curva, viu-se em uma travessa, depois em outra, e instantaneamente saiu no Grand Hotel Petukh, com suas janelinhas escarlates e sombrinhas brancas; era muito indiscreto. Lá, como um macaco mecânico, ela fez exatamente o mesmo que na véspera: sentou-se a uma mesinha, pediu vinho e esticou as pernas como sinal de que não tinha pressa e não estava indo para lugar nenhum.

A garçonete tinha um encanto de franja, espessa e longa como a de um pônei; dava até para botar os pés na ponta da cadeira vizinha, e aí tudo ficou absolutamente bom. A leveza e placidez que se apossaram de M. tinham reconfortante caráter póstumo e ela mesma sentia no corpo uma transparência de vidro, como se através dele fosse fácil ver o espaldar da cadeira com uma manta enfeitada com o emblema do Galo.

Em qualquer romance ou filme que se preze, isso significaria que ela já morrera havia muito tempo, em algum ponto do caminho, sem sequer ter chegado à cidade de H., e por todo corpo do texto estariam espalhadas alusões cuidadosas a essa circunstância; a escritora M. ponderou em que parte de seu caminho aquilo deveria ter acontecido, mas não achou o momento propício; poderia ser o que quisesse, o mais divertido teria sido se ela tivesse sofrido um ataque bem na cabine do banheiro do café turco, e apenas a presença da maleta azul, com o tempo, faria os donos se preocuparem com a viajante e onde ela fora parar. Ela bebericou mais vinho e colocou as pernas em uma nova posição, preocupando-se fortemente com seu conforto.

O homem dos grampos sentou-se a seu lado em todo seu esplendor, como se aquele fosse seu lugar legítimo, esticou-se e disse: eu estava mesmo andando e pensando que a encontraria aqui agora.

15.

M. não se espantou em absoluto nem com a presença dele, nem com sua inexplicável afabilidade, pelo visto porque em sua nova existência póstuma tais emoções não estavam em circulação, não restava lugar ou tempo para elas, e afastou de leve a taça, o cinzeiro e o caixão de cigarros, dando a entender que não tinha nada contra sentarem-se juntos e até, possivelmente, iniciar uma conversa. Apareceu a moça de franja, tomou o pedido dele e disse que o fazia com satisfação. Uma língua estrangeira continuava a ser para M. como um sapato alheio que ela tinha que calçar, entendendo que era alguns números maior e usado por seu proprietário de um jeito incomum, mas isso também tinha vantagens – por direito de estrangeira e forasteira ela como que podia levar a sério tudo que era dito, e aceitava com entusiasmo todos os "com prazer" e "bom dia" de praxe que soavam ao redor, como se os interlocutores casuais tivessem cada letra em mente, assegurando M. de sua disposição genuína e prognósticos favoráveis para o futuro.

Eles se sentaram à mesinha e olharam para os transeuntes, M. e o homem dos grampos, um perfeito inconveniente. Em uma situação normal M. certamente teria caído na inconsciência e se apressado em distraí-lo como pudesse, dizer ou contar algo para não deixar o silêncio prolongar-se para além dos limites. Mas agora ela não tinha no seu estoque palavras, nem ações, nem mesmo desconforto – simplesmente ficou sentada aguardando o que viria. Agora que podia olhá-lo livremente, ela via que suas mãos eram de uma limpeza artificial, como as de um oculista ou dentista, e os cabelos, domados na nuca, repartiam-se em curtas melenas nas têmporas. O silêncio era amigável, até estimulante, seria um pecado estragar. Quando ele deu o primeiro gole e passou a olhar para M., ela já sabia que ele agora se interessaria em saber de onde ela viera.

Mas o homem dos grampos não se pôs a perguntar nada, de tão perspicaz que era. Em vez disso, pôs as mãos atrás da cabeça e disse pausadamente: sabe, tenho dois ingressos para um *escape room*, talvez a senhora queira vir comigo. Aquilo não era nem pergunta, antes uma constatação, e a atual M. impassível deu de ombros e respondeu "sim".

Há no baralho do tarô uma carta que sempre agradou especialmente a M., chamada *A Força*, que retrata um casal ou par: um ser do sexo feminino e um leão enorme, que parece ter amizade com ela. Não se entende completamente qual deles manifesta a força – a fêmea humana, a fera selvagem, ou ambos, por assim dizer, em conjunto. Vê-se por tudo, entretanto, que suas relações são da maior confiança. Claro que, na maioria dos casos, a donzela segura o predador pela juba ou abre-lhe a goela, mas o faz com docilidade, até com afeto, como se os dentes do outro doessem e ele precisasse de ajuda adequada. Às vezes ela se senta nas costas dele e ele abana a cauda como um cachorro grande; e há um antigo baralho italiano no qual a mulher está ocupada com outra coisa, está parada, triste, diante de uma coluna que está a desmoronar e tenta, com as forças lhe cabem, colocar no lugar a parte superior quebrada, como se tal operação fosse ainda concebível. É possível dizer de imediato que ela não conseguirá nada; em compensação o leão, enquanto isso, está sentado aos seus pés, absolutamente pequeno e em nada assustador, apenas esperando que ela o fite. E dizemos: por que, de fato, restaurar uma arquitetura envelhecida quando você tem um leão?

Esta última imagem sempre lembrou a M. as representações de São Jerônimo, padroeiro dos tradutores, nas quais você sempre procura em primeiro lugar o leão e fica feliz ao encontrá-lo. Por vezes ele é absolutamente pequeno, não maior do que uma mosca, num canto afastado do quadro, amavelmente permitindo que sua presença seja esquecida. Mas, normalmente, o pintor dá ao animal o que lhe é devido, e a sábia fera ora está deitada em um capacho aos pés do santo, ora olha-o na cara, buscando entendimento, ora estende confiante a pata, da qual exige que se extraia uma lasca – algo que o santo de chapéu vermelho, obviamente, fará de imediato.

M. encontrava a mesma simbiose reconfortante nas cartas da Força do tarô, só que aqui ela podia corresponder à dama e isso lhe dava uma espécie de satisfação: se ela tivesse um leão, sem dúvida o trataria com solicitude e não entraria em sua goela, a não ser em caso de extrema necessidade.

Quem sabe por que M. estava pensando exatamente nisso ao se apressar atrás do homem dos grampos com seus passos largos na direção dos misteriosos *escape rooms* que eles deviam visitar? A moradia ascética de Jerônimo sempre fora bastante aconchegante, havia livros formando uma pilha organizada e um manuscrito fresco do qual ele se afastava para trocar palavras com os animais domésticos. A escritora M., que agora era uma pessoa sem quaisquer ocupações, só podia invejá-lo por isso, mas, pensou, a situação dela também tinha seu atrativo inesperado.

Havia muito, muito tempo, vários anos atrás, no país que não existia mais em lugar nenhum, a não ser nos mapas envelhecidos e nos manuais de História, a jovem M. estava em um balneário, sentada em um banco, em um café que nem tinha aberto àquela hora tão precoce e olhava avidamente para uma mulher a soluçar.

Ela era grande, tinha cabelos desgrenhados, estava vestida de forma suntuosa e nada matinal, e todo seu corpo era sacudido por soluços que ela não tentava refrear em nada e até, caso M. não estivesse se confundindo, batia a seu compasso com as sandálias. Estava claro que algo de ruim lhe sucedera naquela noite, alguém deixara de amá-la, a abandonara ou algo pior, e o desespero enchia-a de impulsos possantes e regulares, fazendo-a absolutamente indiferente a tudo que ocorria do lado de fora. M. olhava, enfeitiçada, sem forças nem de ir embora, nem de virar as costas e, agora, lembrava-se bem do que sentira então: inveja e admiração, pasmo diante da força do destino e um desejo estranho de modificar sua sorte, de se tornar aquela mulher e soluçar com todas as forças à alvorada, como numa arena de circo em que se realiza um número mortal e toda sua vida está concentrada e atada em um único nó tenso.

Então ela teve a impressão de que era aquilo; eu queria ser aquilo, pensava ela agora, tendo em vista tudo ao mesmo tempo: a mulher, seu choro indomável, as mesinhas vazias ao redor – e, mesmo agora, quando era tão bom para ela não sentir nada e não tinha absolutamente vontade de que mãos invisíveis a capturassem e revirassem como roupa depois de lavada, ela sabia de que lado estava a força e porque ela, M., não tinha nem tivera leão nem cachorro.

16.

O prédio de concreto de janelas canhestramente baixas ficava nos fundos do Fantorama, pelo qual eles passaram sem dar nenhuma atenção e, em plena concordância, viraram à esquerda, depois à direita, mal trocando por todo o tempo um par de frases. M. ouvira dizer ou lera algo a respeito daqueles *escape rooms*, que havia tempos tinham se tornado uma forma popular de descanso e diversão, em muito, na impressão dela, devido ao nome, que prometia, se não uma fuga, pelo menos uma saída. Mamãe contara-lhe na infância que, em tempos antigos, nas portas de vidro do metrô de sua cidade natal, estavam impressas palavras que sempre a tinham aterrorizado: "Não há saída", como se os passageiros devessem abandonar toda esperança. Quando M. cresceu e passou a andar de metrô sozinha, a proibição era formulada de outra forma, "não passar", ou "fechado" e, embora tivesse o mesmo significado, a assustadora falta de saída parecia reduzida ao não; eis o enorme tanto que depende da escolha das palavras.

Nos *escape rooms*, contudo, era preciso chegar ativamente à saída, começando por, de boa vontade, ir até lá e pagar pela entrada. M. considerava isso não totalmente lógico e bastante arriscado: assim um célebre artista de circo atara-se com correntes, trancara-se com uma dúzia de cadeados e descera ao fundo de um aquário, calculando libertar-se das peias e vir à tona triunfalmente, mas algo não deu certo e ele se afogou aos olhos do público abalado, ou pelo menos era o que rezava a lenda, mas M. não podia verificar sua memória, pois estava sem telefone. Porém, estando lado a lado com um desconhecido no limiar de uma experiência nova, a escritora refletiu a esse respeito e estava pronta para compartilhar suas considerações com ele. Ela, supomos, não duvidava que ele tivesse um plano de ação, já que decidira divertir a si mesmo e a ela daquele jeito, e certamente lhe explicaria no momento necessário o que ela precisava fazer. Enquanto verificavam seus ingressos, advertiram-nos de que a atração duraria sessenta minutos, tempo durante o qual eles deveriam sair por conta própria do aposento fechado, boa sorte, e começaram a esperar por sua hora na antecâmera fortemente iluminada. O homem dos grampos encostou na parede e fechou os olhos e ela não o incomodou, embora tivesse o que discutir com ele.

Por outro lado, a perspectiva de ficar com o homem de olhos pálidos em um recinto fechado por um período indeterminado não era mais tão desagradável – daí M. de repente olhou para ele com o pesado olhar de avaliação com o qual em sua pátria os homens acompanhavam uma moça que casualmente passava ao lado e ele captou-lhe o olhar e sorriu em resposta como se não se opusesse a uma tal, digamos, objetificação. A porta de ferro deslizou para o lado, desnudando um corredorzinho cego, e depois fechou-se com um zumbido às suas costas.

Se isso fosse um filme de terror, disse M., ausente, eu agora me transformaria em um monstro e morderia a sua cabeça.

Se isso fosse um filme de terror, o monstro seria eu: a primeira vítima é sempre uma mulher, respondeu-lhe o homem dos grampos.

17.

Quer dizer que havia um cômodo, por cujos cantos estava escondida uma porção de dicas que deviam formar uma cadeia, uma atrás da outra, e, como pedrinhas brancas na trilha de um bosque, conduzir M. e seu acompanhante ao caminho certo e fazer a porta se abrir. Os organizadores do jogo empreenderam sua tarefa com alma, não faltavam detalhes. Mas a parte substancial, aparentemente, não fora pensada por completo, e era difícil deduzir qual era a lenda por detrás do cômodo e no que consistia a história que era preciso decifrar. E talvez isso nem tenha sido previsto, era suficiente simplesmente encontrar a chave que levava a outra chave, depois a uma terceira – e assim aos poucos escapar do aperto sufocante do passado na direção do mundo que costuma ser considerado real.

O interior fazia lembrar o depósito enlouquecido de uma casa de penhores, atulhado de todo tipo de coisa: um sofazinho velho com o interior revirado, gramofones sem agulha e televisores pifados, uma poltrona ginecológica em um canto afastado, que fez M. rir sem saber por quê, um par de máquinas de aspecto científico com articulações tubulares empoeiradas e, no centro de toda essa desorganização, uma escrivaninha que o dono da casa de penhores, pelo visto, acabara de abandonar, deixando o tinteiro aberto e uma pilha de papéis, em cuja folha de cima já estava escrito em grandes letras legíveis o nome da cidade de F.

e o dia de hoje. Isso certamente era uma dica: como a grande bola de cristal do tipo utilizado para adivinhações, ela estava em outra mesinha, baixa, coberta de pelúcia cor de cereja; o vidro era opaco, mas sem camadas de poeira, como na maioria dos objetos que os rodeavam.

O homem de olhos pálidos lançou-se à tarefa de forma metódica, abrindo animadamente todas as gavetas possíveis e olhando sob os assentos das cadeiras. Atrás da porta do armário revelou-se, enrolado em uma corrente de bicicleta, um esqueleto, científico, de plástico, e alguns recipientes opacos com cobras conservadas no álcool.

M. também girou nas mãos uma caneca de cerveja com um emblema para ela indecifrável, folheou um álbum antigo de decalques que estava em um lugar de honra (Marlene Dietrich, de escarlate, aparecia ao lado de Leni Riefenstahl, de azul), entediou-se rapidamente e aboletou-se no sofazinho, longe da mola enferrujada que saía do estofamento. Seu acompanhante claramente não precisava de ajuda, quando muito era preciso distraí-lo com conversa, como um motorista de carro, para não adormecer ao volante. Ele agora remexia nos livros, abrindo um atrás do outro e sacudindo-os cuidadosamente; por vezes tudo que ela via eram suas costas, com as já conhecidas omoplatas – agora era possível olhar para elas sem se esconder. Daí ele disse algo, ela não ouviu e perguntou de volta: não, ele repetiu, minha avó não teria gostado disso. Ou teria, difícil dizer.

M. decidiu inicialmente que aquilo era uma figura de linguagem: quem sabe, era possível que naquelas paragens fosse praxe apelar à avó para entabular uma conversa brincalhona. Mas a avó era real, verídica e até viva. Queria trazê-la para cá, disse o de olhos pálidos. Achei que isso a divertiria: ela gosta de resolver enigmas lógicos, compro-lhe coleções de rébus. E teria sido interessante para ela remexer nas velharias, aqui cada coisa é uma recordação. Já faz meio ano que ela não sai, mas antes passeávamos muito, eu a levava ao café – aqui há um agradável café na montanha. Pensei que ela teria vontade de vir aqui.

M., como se esperava dela, interessou-se em saber a idade da avó, e o homem dos grampos informou com prontidão que ela recentemente completara cento e dois. A avó morava em um asilo, e o acompanhante de M. viera a F. visitá-la, deu-se que era isso que ele estava fazendo ali. A vida dela foi dura, ele acrescentou e olhou para a escritora com reprovação, ou esta foi a impressão dela.

Posso imaginar, disse M., com essa data de nascimento. Que século lhe coube.

Ela não quer mais viver, explicou o de olhos pálidos, toda manhã acorda e diz: *não morri de novo, estou novamente com vocês.* Normalmente eles querem ir para casa, afirmou, com conhecimento de causa, M., que tinha certa experiência nessa área.

Mas a avó do de olhos pálidos não queria ir para casa nenhuma, isso diferenciava-a de outros velhos; queria morrer o mais rápido possível, mas não conseguia. Duas vezes, antes de ser colocada em um asilo de alto padrão, tentara dar cabo de si, só que não deu em nada. Uma vez, disse o homem dos grampos – ele deixara de sacudir os livros sobre a mesa e agora estava sentado de cócoras no meio dos trastes, em frente ao sofá semimorto, fitando M. na cara –, uma vez ela tomou comprimidos, um monte, oitenta, e encontraram-na por puro acaso – houvera um vazamento no andar de baixo, bateram em sua casa, e ela estava deitada. Levaram para o hospital, reanimaram-na. Então ela tentou mais uma vez, depois de seis meses, e novamente não conseguiu: um dos parentes começou a telefonar e ela não atendeu. Ele chamou a polícia, arrombaram a porta, encontraram-na, reanimaram-na. Agora, de toda a família, ela só fala comigo, não consegue nos perdoar por termos impedido.

Não, ela fez errado, disse M., com voz resoluta e sonora – claro que em casa qualquer um pode chegar ou telefonar. Tinha que pegar um quarto de hotel, em algum Holiday Inn, onde há centenas de hóspedes e ninguém se interessa por ninguém. Registrar-se, entrar, pendurar na porta a placa de "não perturbe" – assim teria sido certeiro, muito mais certeiro.

Daí ela caiu em si e calou-se.

O fato de, por todo aquele tempo, eles terem falado novamente em inglês, língua que não era materna de nenhum deles, transmitia ao evento um vago reflexo onírico, plenamente natural tendo como fundo um quarto sem janelas, coisas sem dono e uma bola de cristal que até agora não se manifestara. Por outro lado, quantas pessoas agora não se explicavam todo dia em idiomas estrangeiros, acostumando-os e reformando-os a seu modo e encontrando um refúgio não nas palavras, mas em algum lugar entre elas, de forma que a própria realidade já fazia lembrar um sonho, no qual você infindavelmente anda de trem, avião, ônibus, fica em filas no controle de passaporte, olha por cima das cabeças na sala de espera enquanto seu voo, por seu turno, atrasa-se e você de jeito nenhum consegue chegar ao lugar. E isso é bom, pois faz tempo que você esqueceu para onde ia e de onde vinha.

Pois eu acho, informou M., querendo mudar de tema e sem saber completamente de que seria adequado falar, que aqui tudo está organizado de forma tão simples que eu não me espantaria se fosse suficiente pegar essa folha escrita, aquecê-la a uma vela, e fazer o texto aparecer. Na infância divertíamo-nos assim, escrevíamos bilhetes com leite no papel.

O homem dos grampos deu de ombros e não fez nada, continuava sentado aos pés de M. e a olhar para ela, como se ela fosse a dica. Algo mudara no ar entre eles e agora ela mesma apressara-se, levantara-se e começara a revolver agitada na caixa de papelão peças de construção de brinquedo, que eram suficientes para uma casinha, ou até para uma estação inteira. A instância que a observara desde o começo da viagem, e que revelava-se alternadamente interna e externa, agora instalara-se debaixo do teto, e olhava de lá para M. com desprezo compassivo: podia-se dizer que ela regredia a olhos vistos, transformava-se na de costume, na de ontem, que bastava tropeçar e levar um tombo na escada, ou deixar um objeto grande cair com estrondo, para que tudo fosse por água abaixo.

A escritora também ponderou algo e acalmou-se.

Sabe, ela disse, após pensar, se agora eu acender um cigarro, o alarme de incêndio vai ser acionado, as portas irão se abrir e seremos tirados daqui.

Isso vai sair muito mais caro que os ingressos, observou racionalmente o de olhos pálidos.

E nesse mesmo segundo piscou a lâmpada, o tempo deles tinha acabado. A porta do corredorzinho zumbiu, apareceu uma funcionária do *escape* e ofereceu-lhes 15 minutos suplementares, que eles recusaram, embora aquilo fosse antidesportivo.

18.

Sentaram-se sob um toldo de lona, balançando as colheres na sopa de pepino com ar despreocupado, como o de quem cumpriu seu dever e por direito entrega-se aos prazeres do dia livre. Afinal, tinham encontrado uma nova maneira de escapar da situação sem saída e, para isso, não precisaram nem remexer em livros e gavetas, nem decifrar enigmas – tiveram simplesmente que ficar sem fazer nada por tempo suficiente, até a situação se resolver sozinha. Aquela era, na opinião do homem dos grampos, a variante mais econômica, quer dizer, a preferencial.

M., infelizmente, tinha dúvidas a esse respeito; ela passara a vida inteira assim, sem fazer nada, ou melhor, fazendo só o que lhe era inato, e considerando que isso a faria se safar. A julgar pelos resultados aos quais sua vida chegara, esse método não servia para todas as circunstâncias.

Mas agradava-lhe almoçar a dois sob o vento ligeiro, sem saber nem o nome do interlocutor, nem de onde ele vinha. Ela não lhe perguntaria isso por nada, ainda mais que a resposta era evidente, o de olhos pálidos era o mais típico morador local, proveniente daqueles lugares e terras, o que a presença da avó testemunhava mais uma vez. M. não entendia completamente o que ele fazia ali, não na cidade de F., mas lá, com ela, uma criatura frouxa, desconcertada, maculada pela desonra; os traços do contágio possivelmente ainda não eram visíveis de fora, mas seu acompanhante era um homem atento e não tinha como não sentir na pele que havia algo de errado com ela. Contudo, ele não manifestou esse conhecimento de jeito nenhum, e portava-se como se não houvesse nada, cortês e tranquilo e, por seu turno, não perguntou nada a respeito dela.

Entre a sopa e os cogumelos cantarelos, voltou a M. de forma rápida, porém insistente, a imagem mental em que ela e o portador dos grampos estavam a sós em um recinto fechado e isolado, de aspecto mais confortável que o *escape room* com seus objetos empoeirados, lembrando fortemente seu quarto de hotel – pelo menos a coberta da cama era a mesma, azul. M. girou a cabeça para afugentar a visão impertinente e pôs-se a falar do circo Peter Kon, no qual seu interlocutor nunca estivera – ele aparentemente não aprovava o circo como tal, como passatempo não muito sofisticado. Mas ouvia o êxtase de M. com toda tolerância possível, sem retrucar nem ironizar, e ela, em resposta, não se pôs a contar-lhe do interior apertado do sarcófago que esperava seu regresso – em parte por gratidão, em parte por considerações interesseiras, não desejando assustar o de olhos pálidos antes que fosse inevitável.

A própria M. tinha os gostos mais simples, embora nem sempre tivesse tempo de satisfazê-los; agradavam-lhe as feiras de Natal, quando os turistas aglomeravam-se no frio em torno de quiosques com vinho quente e nozes envoltas em açúcar e canela, e os parques de diversões à noite, com luzes de anilina, trailers a perder de vista e cisnes rodopiantes, grandes como os do lago dela. Sorvete também lhe agradava, como passeio de bote e os pequenos barcos a vapor de um só convés que passavam debaixo das pontes; ademais, obrigatoriamente alguém acenava de cima, como Deus reparando em você e aprovando. Não que ela participasse disso tudo com entusiasmo – mas era suficiente que essas coisas existissem na vizinhança e estivessem ao alcance da mão.

No último ano, aliás, surgiram em M. dúvidas a respeito de todos esses prazeres, tão diferentes e tão idênticos quando se passa de um país a outro. Se antes agradava-lhe seu caráter irrefletido, comum a todos e que não exigia preparação especial, agora ela se lembrava dos ringues de patinação no gelo da cidade onde não mais vivia e das luzes noturnas de seus cafés. Ela cogitava, com um tremor, quem, dentre aqueles que compartilharam o ar gelado com ela, agora assassinava alguém no outro país, em que os cafés continuavam a funcionar sob os alarmes aéreos e cada família fazia a contagem dos seus mortos. Dava-se que a alegria como tal estava agora proibida, sua substância simples turvara-se e tornara-se lodosa e sangrenta. Por mais que M. dissesse a si mesma que era justamente a alegria o que a besta tentava aniquilar tanto em seu país, como nos vizinhos, significando que esta devia ser cultivada para contrariá-la, ela por enquanto não conseguira aplicar a máxima na prática. Ontem, contudo, algo se modificara nela ou ao seu redor, mas M. ainda não se adaptara à sua nova qualidade, nem estava segura de que esta ficaria consigo por muito tempo. Por isso, olhava para seu acompanhante com expectativa, como para uma caixa ainda não aberta de presente – quem sabe o que vai aparecer lá, sob as fitas e o papelão. Daí ele olhou para a mão dela, que jazia esticada na mesa, como uma bolsa esquecida, e estendeu até ela a sua, grande, mas não tocou, e sim manteve-a acima da dela, no calor de meio centímetro, e continuou assim até M. erguer os olhos para ele e não baixar.

Parto amanhã à tarde, disse o homem dos grampos, o trem sai às cinco e às onze deve chegar a B.. Vamos juntos, o que acha da ideia?

Deu-se que tinham um futuro em comum, ao qual era possível adaptar-se e do qual era possível dispor em pouco tempo. E se isso fosse um livro – um livro dela –, a escritora M. faria todo o possível para retardar a ação; tudo já estava correndo de forma demasiado boa e harmoniosa e a ligeireza artificial dos eventos ameaçava a heroína com uma desgraça. Mas era a realidade em seu estado mais puro e M. baforou fumaça e disse que seria um prazer.

Algo começou a preocupá-la, contudo. Algo estava errado e requeria fazer uma pergunta para a qual ela ainda não estava pronta. No romance medieval no qual ela, pode-se dizer, foi educada, ensina-se especialmente ao leitor que as perguntas devem ser feitas sem protelação, sem demora, assim que a primeira delas se agita em seus lábios. Lá, no livro, um jovem bem-educado, que considerava prova de valor nunca se espantar com nada e não indagar sobre nada, via-se em circunstâncias muito estranhas, nas quais tudo apelava diretamente a perguntar aos donos da casa o que lhes sobreviera e de que ajuda necessitavam. Mas ele se segurou com todas as forças, tentando dessa forma manifestar cortesia e polidez – e, com isso, só conseguiu que o castelo em que passara a noite desabasse, causando mais sofrimento, e o jovem cavaleiro era o culpado. Pois, se ele tivesse perguntado pelo menos alguma coisa, todos eles teriam sido salvos, e não apenas eles, como toda a humanidade – e agora aguardavam a ele e a eles séculos de novas torturas, que se estendem até hoje. A ética simplória em que esta história tem base foi assimilada por M. ainda na adolescência, mas deu-se que ela entendera tudo pelo contrário, e agora enchia-se, como um balão de ar, de grandes impulsos doloridos, segurando dentro de si o ar quente para não perguntar como ele sabia que ela morava em B. e tinha que voltar exatamente para lá.

E mesmo assim ela se traiu com um movimento descuidado ou um som inconsciente e o homem dos grampos e olhos pálidos disse com simplicidade, como se aquilo não significasse nada: "Eu sei quem é a senhora, reconheci-a no trem, só que não entendi de imediato que era justamente a senhora". A palavra "senhora" começou a soar na fala dele com frequência ameaçadora e M. estremeceu como se tivesse calafrios. Ele esclareceu que estivera recentemente em um festival no qual ela se apresentara, e M. inconscientemente pensou que era pior – pois ele podia ter lido algum de seus livros –, mas acontece que não havia diferença, as duas coisas eram ruins. As imagens obscuras que lhe vagavam na mente nas últimas duas horas não subentendiam de forma alguma um encontro com um leitor, o que as fazia completamente inoportunas. Resultava que a questão não era ela, não era M., mas a escritora viajante de um país distante, era ela quem despertava nele um interesse respeitoso, suficiente para de um só golpe superar tudo que os separara e verem-se em uma mesinha, em um quarto trancado e sabe Deus mais o quê. A coberta azul inflou diante de seus olhos como um barco a vela e murchou de vez. Ele disse o nome de seu livro recente; a-ha, era um leitor, e M. reuniu suas forças e preparou-se para um diálogo cultural.

Na casa do lago em que ela vivia nos últimos meses, residia uma quantidade de pessoas de trabalho intelectual, reunia-se lá gente do mundo inteiro para trabalhar a seu bel-prazer e, nos intervalos, trocarem opiniões. Era para isso que havia a água, os cisnes e os almoços diários, em volta dos quais todos se reuniam e falavam do que calhasse. A escritora M. gradualmente fez amigos e conhecidos por lá e enquanto eles discutiam ópera ou a cozinha local tudo ia bem. Mas às vezes a conversa transcorria sobre, por assim dizer, eventos correntes, e M. lembrava-se até agora de como alguém se pusera a explicar-lhe que ela era demasiado crítica com relação a seu grande país, manifestando ao mesmo tempo uma prova inequívoca dos feitos dele, do país. O mundo contemporâneo nivela tudo, afirmava-lhe seu interlocutor, e apenas nas sociedades verdadeiramente conservadoras ainda havia espaço para a autêntica alteridade que distingue uma cultura da outra. Sim, a cultura é algo sangrento, ele acrescentou, não sem satisfação. Mas peguemos o Irã: todos adoramos o cinema iraniano – mas como ele seria se um Estado religioso não se colocasse a cada minuto contra o caminho da globalização? Claro que a coisa não acontecia sem vítimas – mas e se a grande arte só pudesse se manifestar com um plano de fundo de grande violência? Está na hora de concordar que ela é uma condição indispensável e, nesse sentido, no último ano vocês deixaram todos para trás.

Naquele dia, M. ainda ficou muito tempo sentada no banco à beira-mar, tão bem escondido atrás dos arbustos que, de longe, exceto a água e os pedregulhos, não se via nada nem ninguém, e examinava todas as respostas possíveis, sem encontrar uma única irrefutável. A simples *não matarás*, à qual aparentemente a questão se resumia em sua cabeça, não servia ali – as considerações de seus oponentes eram de ordem mais elevada e a distância que os separava do local em que a guerra agora acontecia ajudavam-nos a examinar o caso de M. e seus semelhantes, por assim dizer, no vácuo, no regime afastado de um experimento em curso, cujos resultados, em qualquer caso, não eram desprovidos de interesse. Tinham a possibilidade de ocuparem-se de diversas culturas mundiais, *troubled societies* como aquela da qual a escritora M. era originária, que lhes forneciam uma quantidade de informações curiosas sobre a natureza humana e quão longe esta podia chegar se colocada sob condições extraordinárias. Nesse sentido, esperavam muito de M.: ela podia oferecer *insights* e iluminar a história da questão, sem negligenciar a assim chamada feitura, da qual, por outro lado, pouco se sabia; interesse especial, indiscutivelmente, era suscitado pela situação da mulher, a respeito da qual ela, como mulher e testemunha, devia agora escrever.

Felizmente M. não era mais uma escritora, embora silenciasse a esse respeito na sociedade decente. Pois o que, propriamente, ela era então nesse caso? No dia passado na cidade de F. ela apenas e tão somente testara a si mesma, como o fizera com a pontinha do pé na água, na capacidade de não ser ninguém, mas não conseguira se sentir em casa dentro dessa água, pois a realidade a puxava pela rédea e mandava-a ficar sentada e conversar, e a desmascarada M. obedecia – pois o que mais lhe restava?

O leitor – afinal M. não conhecia seu nome, e ele sabia a respeito dela tudo, ou muita coisa, e essa assimetria a incomodava, embora ela continuasse a não querer fazer-lhe quaisquer perguntas – era delicado e preparado: começou dizendo que entendia como era difícil agora para ela e perguntou algo sensato a respeito da situação que ela agora vivia; só teria sido possível ficar contente com tal interesse, mas M., que ainda se lembrava das últimas horas, em que ambos eram apenas pessoas, sem ter nem *provenance*, nem uma série de circunstâncias que deveriam ser consideradas, respondeu-lhe de forma entediada e sonolenta. Ele sabia tudo a respeito dela, e ela nada a respeito dele, e o fato de que ele tinha uma avó indomável com um destino difícil não ajudava em absoluto. M., vejam só, decidiu por algum motivo que agradara a ele como era, por si só, uma mulher casual à beira da mesinha de um café, e a nova reviravolta dos eventos como que desligara uma lâmpada nela. Eles terminaram de beber o café, despediram-se quase sem desconforto, combinaram que se encontrariam no dia seguinte na estação, no ponto de táxi, e o homem dos grampos virou uma esquina e desapareceu como se nunca tivesse existido.

19.

M. voltou ao hotel e rapidamente deitou-se na coberta azul como um homem em viagem de negócios, sem se despir nem olhar para o espelho. Em qualquer livro que se preze sobre uma escritora que foge da sua responsabilidade sem comunicar a ninguém para onde foi, a heroína deveria ser submetida a um castigo, e agora estava claro qual: o loiro alto de rabinho bem cuidado em excesso devia estrangulá-la no interior do *escape room*, no sofazinho com molas para fora, e escapar do aposento fechado da forma mais enigmática, um ponto de partida de sucesso para um romance policial. A história de M. seria então bem curta, mas educativa; aliás, claro que ela não seria a heroína, mas a azarada primeira vítima, porém isso era apenas justo.

O dia resplandeceu e transbordou enquanto M. estava deitada.

Se ela tivesse pelo de leão no cangote e quilômetros de deserto ao redor, simplesmente poderia morder a bela cabeça do homem de olhos pálidos, que não tivera a capacidade de discernir com quem estava lidando naquele dia. Afinal, ela não era a escritora M., mas uma criatura absolutamente nova, simplesmente M. ou até A., ainda absolutamente fresca e ingênua, e por isso pronta para a aventura. Pode-se dizer que ele a tomara por outra e nem soubera esconder isso e ela se irritara e não conseguia entender quem estava irritado e quem devia prestar contas.

O erro era o mais inocente, mas as culpas estavam à sua volta e a própria M. tinha tanta que não dava nem para respirar, era possível sufocar com ela, e era muito provável que isso já tivesse ocorrido e o quarto de hotel com largas janelas de vidro fosse simplesmente um pote no qual M. era conservada em álcool com sua culpa e a dos outros, coberta de pelos espessos de rato e com as patas para cima. Mas, fosse como fosse, pesavam-lhe ainda promessas não cumpridas feitas em um instante de liberdade casual e agora era preciso fazer o necessário. Ela se remexia na coberta, gemendo e lamuriando-se de falta de vontade, o ser novo não se dava a conhecer de jeito nenhum, pelo visto a angústia desalojara-o das fronteiras daquele corpo que já não era mais jovem e ele tinha preguiça e protestava, sem querer viver nem trabalhar da forma devida.

O circo Peter Kon pairava em pleno sol, tremendo de leve, como uma miragem, e as moças quase indistinguíveis acenavam-lhe do banco, crescendo e revelando-se à medida que ela se aproximava. E nós já achávamos que você não vinha, disse a de trança.

20.

Ela entrou no recinto semiescuro em que ficava o sarcófago como em sua casa, isto é, no quarto de hotel, onde a disposição dos objetos já era bem conhecida e suscitava uma agradável sensação de ordem, embora agora não houvesse nada em ordem nem em volta de M., nem em sua própria cabeça, onde rodopiava, sozinha, uma única frase que ela achava muito engraçada e queria proferir em voz alta, com alegria de vida e triunfante, como o homem no picadeiro anunciando um novo número. Parecia-lhe que seria muito engraçado dizer agora: *"ainda não morri, novamente estou com vocês"*, e abrir os braços, opa! Mas tanto a de cabelo curto quanto a de trança tinham hoje um ar profissional, quase sombrio, como se quisessem incutir em M. ou o sentido de sua própria missão, ou um medo, apropriado à situação, diante da prova que a aguardava. Deu-lhe certo trabalho esconder delas seu estado de leveza: nas últimas horas, era como se ela tivesse se desprendido definitivamente da Terra e possivelmente agora poderia atravessar paredes e pairar sob o toldo do circo, ou então talvez ela simplesmente estivesse com vontade de comer e essa fome a tivesse tornado translúcida e indiferente. Junto à parede havia dois pares iguais de sapatos de couro de cabra, de uma cor vermelho-bombeiro; ontem eles ainda não estavam ali, mas no resto tudo estava como ela se lembrava e o sarcófago, convidativamente aberto.

M. ocupou seu lugar no ventre de veludo e puxou os joelhos até o queixo com prontidão; aquilo não era mais tão difícil, era apenas tedioso e dolorido deitar-se com o pescoço torcido enquanto a de trança media o tempo – que durava mais que da vez passada. Repetiram isso duas vezes, e mais uma, e mais uma. Por fim, M. teve que sair do sarcófago e ficar de pé à distância, pois revelou-se que a de cabelo curto também fazia parte do número: ela devia enroscar-se, deitar aos pés de M. e realizar umas manipulações a respeito das quais não lhe tinham contado. Repetiram a mesma coisa agora em duas, depois de novo, do começo até o fim. Nos últimos dias, os eventos em torno M. tinham criado o hábito desmazelado de se duplicarem e se sobreporem uns aos outros, de modo que tudo que agora sucedia parecia-lhe perfeitamente natural, ainda mais que ela estava pensando em algo completamente diferente: queria saber de qualquer jeito como acontecia a saída do *escape room* e que chaves e dicas devia ter utilizado se ela e o de olhos pálidos não tivessem se ocupado com tolices, mas feito tudo da forma devida.

Quer dizer que você decorou tudo, não vamos repetir, certo?, murmurou a de trança, erguendo-se sobre a borda do sarcófago. Você sai, levanta, anda, curva-se à esquerda, curva-se à direita, fica em pé, vai, puxa as pernas na hora, deita, sorri. Eu ponho o fecho, rufar dos tambores, você se prepara, segura as pernas, segura o pescoço, fazemos o truque, *trr*! Você fica deitada, sorri, segura o pescoço. O sarcófago fica em pé, você põe as pernas para baixo na hora, endireita-se, a tampa se afasta, você ri, acena e é tudo, você sumiu.

Tem que se trocar, disse a miúda com voz incolor. Ela já tinha saído da caixa e estava daquele jeito mesmo, de shorts e camiseta regata, aparentemente não precisava de acessórios.

M. de repente ficou terrivelmente constrangida com suas calças e paletó, plenamente admissíveis no trem ou na Fantomateca, mas fora de lugar no mundo deslumbrante de Peter Kon, e ficou ainda mais envergonhada ao pensar em seu próprio corpo, ainda funcional e obediente, mas pouco adequado para exibição. Lembrou-se da ginete de espartilho de joias, depois da menina de azul em cima da bola, fina como um palito, e grunhiu de constrangimento.

Os vestidos estão lá, a alta apontou a cabeça na direção em que estavam penduradas umas capas contendo algo suntuoso que se avistava vagamente à luz.

M. caminhou até as capas e puxou o zíper da mais próxima. A abertura deixou visível um traje de pequeno cisne, um inocente tule branco com franjas de penas na borda. "Acha que o seu me serve?"

A de cabelo curto já selecionara os trajes em sua busca – acontece que não havia escolha, a não ser aceitar o que lhe davam. Um revelou-se vermelho, até o chão, como o de uma diva de ópera, de cor igualzinha à dos sapatos do canto – era, pelo visto, um conjunto, tinham que ser usados juntos. Como em uma consulta médica, na qual é preciso despir-se, deixar aquilo com que veio no tamborete atrás da cortina e sair ao mundo como é, M. tirou a roupa e mergulhou de cabeça na seda escarlate. Esta farfalhou em sua direção, fresca. Os sapatos disparatados eram um número maiores, tinham saltos tão altos que M., desacostumada, cambaleou, mas seguiu adiante, na direção do espelho sob uma débil lâmpada elétrica.

A alta surgiu de um lado e enfiou-lhe na mão uma coisa tão impensável que M. não entendeu de imediato o que fazer com ela. Era um adorno de cabeça todo recoberto de escamas e penas, costurado sobre uma base de tecido, que ficava apertado na cabeça, como uma meia-calça. Foram necessárias duas pessoas para colocá-lo, mas quando M. finalmente caminhou até o espelho e viu-se refletida nele, compreendeu com um estremecimento que seu desejo se realizara. A criatura que estava diante de si não tinha nada em comum nem com a M. anterior, nem com as M. que ela poderia imaginar.

Claro que ela tinha muita vontade de pendurar a M. obsoleta em um prego e saltar para o mundo como um cuco de relógio, de forma absolutamente outra e nova – apenas com um exame de perto, essa nova versão pareceria igual à escritora M., apenas enfeitada, aprumada, de uma eficiência anormal e língua ligeira, que arrancara de si, como uma cauda, todas as dores fantasmagóricas e dormira bem depois de uma anestesia. Mas a figura de vermelho refletida no espelho não se parecia com ela, pois mal parecia uma pessoa. As penas saltavam, pendiam, balançavam, as lantejoulas reluziam, de modo que mal dava para distinguir o rosto, afinal não havia necessidade de rosto. Embaixo, saía um tubo de seda escarlate, sob o qual assomavam cascos vermelhos. Apenas os braços eram seus, pendiam ao lado, como se fossem costurados, e M. titubeou, sem saber o que fazer com eles. Depois, elas saíram para o ar escuro dos bastidores do circo, M. com passinhos miúdos, as moças alertas pela lateral, e puseram-se a fumar enquanto havia tempo e lugar.

Certa feita, numa noite de verão, em uma linda cidade estrangeira, nossa M. acabara por acaso no sopé da torre da qual a cidade se orgulhava. Esta cintilava com luzes. Na grama, como em uma plateia de teatro, estavam sentadas pessoas, algumas até com petiscos e refrescos, e assistiam à torre como se ela fosse um balé e algumas até registravam em vídeo como ela ficava bem em pé e reluzia. Em volta, não muito longe, havia um ameno fundo de parque com trilhas e bancos, arbustos escuros e podados, o rumor do cascalho sob os pés, mas ninguém queria submergir nas trevas amigáveis, não fora para isso que todos tinham se reunido ali. A torre alçava-se aos céus, era um broche imenso, desmedido e desumano em sua luminescência multifacetada e, a seu redor, tudo também faiscava, rutilava, ardia, e não havia onde se esconder dessa incandescência. Mesmo ali, na escuridão aparente, também faiscavam luzinhas e também parecia tiquetaquear. Lá estavam acocorados vendedores ambulantes de pele negra com mercadorias dispostas em cima de trapos, mas o que eles vendiam eram cópias da própria torre: umas maiores, outras menores, mas todas piscavam e faiscavam como um recipiente com vaga-lumes, como um pinheiro de Ano Novo[6], como a Europa à noite sob a barriga de um avião, e a cabeça de M. rodava. Outros iam de árvore em árvore, oferecendo suvenires aos passantes – também torres, torres e torrezinhas pendiam das cinturas, ardendo com luz fosforescente. E tudo ao redor era luminoso, até as tiras da sandália da moça ardiam em erupção diamantina. M. fechou então os olhos, como se tivesse sido queimada.

E o que esperar de uma pessoa, pensava M. agora, nos últimos minutos antes de entrar em cena – era visível a agitação da moça de tranças, tensa no fraque negro que era até espaçoso para ela –, o que era de esperar se ela supunha que queria novamente aparecer no mundo, ir à gente, contando com algo, quando era suficiente abrir os olhos para ficar claro que isso era um

---

6 Na Rússia, como resquício da abolição da celebração de Natal durante a época soviética, o pinheiro é armado para o Ano Novo.

erro, e que a única coisa que pode consolar é a escuridão absoluta e definitiva, imóvel e acalentadora, sem quaisquer sonhos, esperanças e demais distrações. E daí soaram os aplausos, a cortina se abriu e fez-se a luz.

Foi absolutamente como dantes: ela caminhou, balançando nos saltos como se estivesse dentro de um lustre de dimensões espantosas no qual havia centenas de velas e milhares de olhos, e tudo de repente agitou-se em expectativa e bater de mãos. À esquerda, estava a superfície opaca do sarcófago, com um azul de ameixa que chegava ao negro. A alta exclamou algo sonoro e nítido ao se dirigir ao público, que parecia responder e ceder a ela. *Um número mortal*, isso repetiu-se algumas vezes, *e é agooora*!

M., como se lembrava, curvou-se para a direita e a esquerda (como um criminoso antes da execução, algo lhe disse em sua cabeça) e viu o deslizar da tampa do sarcófago, revelando o leito de veludo. Dois assistentes correram à ilusionista, um entregou-lhe luvas brancas de carrasco com boca larga, e ela começou a calçá-las, olhando preocupada para M., que se demorava por algum motivo. O segundo segurava um estojo que parecia de violoncelo, mexeu nos fechos e, ao abrir, revelou-se que continha uma bela serra, com dentes pontiagudos de animal.

M. suspirou e entrou no sarcófago.

Não é que ela não desconfiasse de que o número de que resolvera participar envolvesse ser serrada ao meio, mas os detalhes desse processo, de alguma forma, não tinham sido discutidos e o quadro na cabeça de M. era totalmente indistinto, baseado em um caso antigo, quando fizeram-lhe uma operação no menisco, com uma anestesia local, e ela ficou olhando para uma cortininha baixa enquanto um cirurgião invisível fazia bruxaria em seu joelho doente.

Ela enfiou o pescoço na abertura recortada e girou as penas em despedida. O sarcófago era algo parecido com o caixão de cristal da Bela Adormecida dos livros infantis, e depois viria um príncipe despertá-la com um beijo. Nada agora parecia mais sem sentido para M. que um beijo e, com um matiz de perplexidade, lembrou-se das conversas com o de olhos pálidos e do calor de vela na barriga devido à sua presença; mas rapidamente tudo isso desbotou. No fundo, sob as solas, algo apareceu: era a de cabelos curtos. O sapato escapou e M. puxou o pé para segurá-lo, mas não conseguiu.

A tampa avançou suavemente e estalou ao fechar. Ao mesmo tempo a serra guinchou e a ilusionista de nariz arrebitado caminhou ao longo da barreira, apresentando ao público seu terrível instrumento e distraindo os espectadores – dando a M. a possibilidade de fazer sua parte do trabalho. Pouco depois ela regressou ao sarcófago e com um estalo enfiou na abertura funda uma placa, depois outra, marcando o lugar por onde a serra passaria.

M. jazia sob a tampa retorcida, suada, com só um sapato e sorrindo intrepidamente, como tinham mandado. Os tambores rufaram, impetuosos. Como ela já sabia, era um circo de muita qualidade, com efeitos de luz e tudo o mais. Ficou completamente escuro, apenas o sarcófago brilhava, como uma lanterninha azul. Pessoas indistinguíveis respiravam perto, mas isso, assim como a de tranças, não dava para ver – ela caminhava em algum lugar ao lado, para além da borda de vidro. A serra escarrou, guinchou, soou aquele mesmo *trr*, o sarcófago trepidou. Depois tudo acabou, o chão abaixo delas deslizou e M. viu como, na distância infinita, um assistente rodava pela outra metade do caixão de cristal, suas botas vermelhas assomando do lado de fora.

21.

Aplaudiram, aplaudiram e aplaudiram, como se a morte torturante sob o fio da serra e depois a miraculosa união das duas metades de carne humana fossem a atração do programa, a longamente esperada notícia da ressurreição. Se a escritora M. ainda estivesse aqui, é claro que ela se lembraria de mais um conto, dessa vez sobre como alguém tenta reanimar um herói feito em pedaços por malfeitores; o argumento, ela diria, é errante, mas o interesse aqui é a tecnologia. Para começar, é preciso reunir o pobre corpo de novo, ajustar no lugar tudo que foi cortado e está espalhado pela estepe, fazê-lo se tornar novamente uma carne única. Então trazem frascos com água, um com água morta, outro com viva. Você asperge água morta no morto – olhe lá, tudo fica no lugar, o corpo se cicatriza, restabelece, por assim dizer, a integridade perdida. E só então pode agir a água viva e os olhos cegos abrem-se, os membros cortados enchem-se do calor habitual e o homem ergue-se sobre os pés *como novo*, a vida revive, fim do conto. Mas M. não estava conosco para explicar como isso é feito e apenas as palmas prolongavam-se e continuavam a se prolongar e, por algum motivo, uma criança na primeira fila gritou: "De novo! Repitam mais uma vez, por favor!"

Mas M. nessa hora estava justamente revigorando as partes entorpecidas do corpo e o mesmo era feito pela pequena circense, que finalmente saíra do sarcófago e zelosamente pisava com os pés tatuados com botas vermelhas. Trabalhamos bem, ela encorajou M., tão bem quanto na época do Leão.

No banco, em meio ao vazio e ao silêncio, elas tomaram o *schnapps* de uma garrafa – M. descalça, de roupa comprida, sua parceira de sapatos e shorts. O circo emanava calor e um odor animal agradável e a terra já esfriava sob os pés, sossegando. As janelas de uma casa distante, na colina, brilhavam foscas e avistavam-se as luzes traseiras dos carros na estrada que levava à *autobahn*. M. teria adormecido, apoiada no flanco quente da vizinha e espantada de lá fora ainda ser sábado, que se revelava verdadeiramente infinito, mas daí chegou a beldade de trança e disse que Kon iria falar com M.

Peter Kon, dono do circo Peter Kon, não fora assistir a seu próprio espetáculo e estava sentado agora de óculos escuros, sob uma lâmpada forte. M. cumprimentou-o e sentou-se sem convite nem permissão, suas pernas mal se aguentavam.

Ele era pequeno como o fumante de sua infância, uma figurinha verde do tamanho de um mindinho, em cuja boca colocavam uma palhinha e, se você acendesse, o homenzinho começava a exalar fumaça. No braço da poltrona de linho estava apoiada uma bengala pesada com um castão entalhado em forma de cabeça de tigre. Kon não queria ou não sabia falar inglês, e M. explicou-se com ele na língua local, que sabia precariamente e constrangia-se agora por estropiar. Mas ele parecia não ligar nem para seus erros nem para seu embaraço, antes de tudo, porque as pessoas que se permitiam ser cortadas ao meio por uma motosserra ou estavam prontas para andar na corda bamba ou ficarem penduradas sob a lona frequentemente não eram locais e falavam como conseguiam, sem se preocupar especialmente com declinações e desinências.

Ela disse que você trabalhou bem, falou Kon, e franziu o cenho. Já fez isso alguma vez? M. respondeu que não. Ao longe, um leão rugiu e, depois de uma pausa, desencadearam-se aplausos.

Qual o seu nome, querida?

Era a primeira pessoa em seu caminho que lhe perguntava não de onde viera, como se aquilo não tivesse qualquer importância, mas como se chamava, como se justamente isso fosse importante, e M. ergueu-lhe o rosto da cadeirinha baixa e respondeu honestamente, sem refletir, que se chamava A.

A questão é a seguinte, disse Kon. Essa é a nossa última noite aqui, amanhã seguimos adiante. Suas garotas precisam de uma assistente, e não há onde contratar. Se não encontrarem, terei que me separar delas, não as levarei comigo sem serventia. Mas acho que nos próximos meses você vai precisar de trabalho, tenho razão?

M. não estava pronta para uma tal reviravolta, ficou calada, escutando.

Saber o que aconteceu a você eu não sei, e perguntar não vou, não é da minha conta. Pago pouco, por enquanto você nem vale mais do que isso, mas terá um teto sobre a cabeça – apontou para o teto de lona –, e a comida é, como se supõe, por minha conta. Viajamos pela Europa, você não vai ter que ficar mostrando o passaporte. Em uma ou duas semanas estaremos em N., depois adiante, depois em mais outro lugar. O trabalho não é complicado. Quer ir conosco, querida?

Tudo isso é bastante inesperado, afirmou M. em sua língua inexpressiva. Precisarei pensar.

Pense até amanhã, disse Peter Kon. Saímos daqui às oito da manhã. Venha às sete, encontraremos lugar para você no trailer.

Depois, sem voltar a cabeça para ela, ele acrescentou de repente, com ênfase, como se lhe tivesse lido a mão: Pois você não é romena, não.

M., que nunca na vida declarara ser romena, arregalou os olhos para ele e abriu a boca: de repente via-se em um minuto de definição esclarecedora. A pergunta de quem ela era e de onde vinha fora finalmente feita, ainda que não na forma que lhe causava tamanho desagrado e finalmente era preciso prestar contas de onde nascera, como fora parar naquele local e o que achava daquilo, embora isso ninguém lhe tivesse perguntado. E agora ela tinha uma resposta, remexeu-se na cadeirinha e preparou-se para falar, só que Kon não ouvia. Sentado a dois metros dela, ele parecia farejar o ar que tinham em comum e chegou até a curvar a cabeça, como um cachorro que busca entender o que se passa. Acontece que o adorno de cabeça, aquela meia-calça com escamas e penas imbecis espetadas, ainda estava nela, que viu sua sombra na parede e logo tirou-o; era medonho pensar com que figura ela se apresentara por todo aquele tempo e o que o interlocutor devia pensar a seu respeito.

Pois você não é romena, ele repetiu; nos óculos escuros balançavam duas lâmpadas grandes. Você, querida, *ex nostris*, é judia, sim? E M., que nos últimos meses designara-se apenas como russa, como escritora russa, representante da língua russa, quase com espanto repetiu depois dele que sim.

Quando ela se levantou, Peter Kon não se ergueu da poltrona, não era esse tipo de homem; em vez disso, apontou-lhe a porta com a ponta de sua bengala enfeitada – não para a porta, mas para algum lugar na direção da porta, de viés e ao largo, e assim M. entendeu que seu novo patrão era cego.

22.

Para quem não criou o hábito de se levantar cedo ou não é forçado a fazê-lo todo dia devido ao trabalho ou qualquer outra necessidade, as horas matinais se apresentam com raridade, e a cada vez ou como presente imerecido ou como recompensa por uma realização repentina. As ruas vazias e o sol púrpura, ainda não desperto atrás das árvores, convertem-se de repente em um espetáculo e a própria pessoa em uma novata sortuda que teve a oportunidade de contemplar tudo aquilo.

Na casa do lago, M. frequentemente recebia a aurora do outro lado, quando a noite ficava turvada, a água começava a se iluminar e o primeiro ônibus vazio, troando, passava por sua varanda a caminho da cidade. E aquilo também era uma espécie de espreitar, só que de um padrão diferente, culpado – como se ela tivesse se demorado onde não precisava e visto o que não devia. E de fato ela passara a noite, por assim dizer, sem sentido, sem fazer nada a sério. Se tivesse algum sentimento da própria utilidade, como na época em que ainda era escritora, pensava ela, tudo seria de outro modo, mas agora não havia diferença especial entre sono e não sono, e ambos tinham um gostinho aborrecido de tempo perdido com o qual não se podia mais contar.

Outrora, dantes, com outra idade e em outro lugar, ela gostava de ir de manhã ao aeroporto ou à estação de trem, sentindo nos olhos e no estômago a disciplina e a determinação que surgem quando você de repente tem uma tarefa e os meios de realizar o que pensou. No inverno, naquela época, a neve jazia nos bulevares, e nos poucos cafés abertos ainda ardiam luzes rosadas. Na primavera, tudo estava lavado e enfeitado como se a própria desolação logo, logo devesse ser resolvida por um acontecimento, como em sua infância, quando duas vezes por ano saíam à rua manifestações festivas dos trabalhadores e com eles negociantes empreendedores vendendo coisas raras, inerentes apenas àquele feriado: pirulitos de galo no palito, balões de ar habilmente colocados um no outro e inflados com gás, pequenas bandeirolas com a inscrição "Paz-Trabalho-Maio". Os manifestantes caminhavam pela Avenida da Paz vazia ao som de música de bravura, que alargava o peito por dentro, como música coral, e levavam nas mãos flores artificiais, papoulas vermelhas de dimensões descomunais e ramos nus com botões colados e recortados de papel fino primaveril.

Considerava-se admissível e até decoroso importunar a procissão festiva com gritos de "Titio, dê-me uma florzinha", e não era raro a pequena M. chegar em casa com uma braçada inteira da flora incrível que não murchava. Como ela amava aquilo tudo, a ponto de não poder dormir de jeito nenhum na véspera, levantar--se no escuro e sair correndo à rua, onde ainda não havia nada de interessante, nem compras, nem música, nem colunas humanas triunfais e apenas os primeiros vendedores de sorvete colocavam suas caixas na esquina. O que M. não entendia era a estranha indiferença, até mesmo alheamento com que seus pais lidavam com os desfiles de primavera e outono com bandeiras, não desejando, por algum motivo, de modo algum acompanhar a filha à festa e lhe dar tudo que ela quisesse e, quando o faziam, era com uma má vontade que até ela tinha condições de distinguir.

Houve também uma época em que ela encontrava uma espécie de valentia em levantar-se o mais cedo possível, muito antes da hora necessária para se arrastar à escola na escuridão azulada do inverno, escavando a neve com as botas quentes e vendo-a faiscar sob os raros postes de luz. Os painéis das ruas já estavam cobertos de jornais frescos, mas nas janelas iluminadas do correio não dava para ver nada, estavam recobertas de desenhos de gelo complexos e impenetráveis como uma floresta tropical. A intranquilidade que se apossou dela naquele ano não tinha sentido nem causa; dia após dia ela aparecia nas instalações vazias da escola uma hora e meia antes do começo das aulas e muito lhe agradavam os corredores sem gente, as lousas e retratos nas paredes e o vestiário com toda uma floresta de cabides, em que o único casaco por enquanto era o seu. O prédio era velho, centenário, outrora fora um ginásio feminino, do qual restavam apenas o relógio pendurado bem alto com seu badalo e as saliências de ferro nas curvas bruscas do corrimão de ferro da escada. A M. de nove anos examinava isso tudo, depois sentava-se em sua classe, que lhe agradava naqueles minutos, aguardando com satisfação o começo do dia; a espera teve como resultado um telefonema à tarde da supervisora da classe, que exigia que mamãe explicasse quais eram as dificuldades de sua família e por que a criança esforçava-se para fugir de casa de manhã mais cedo.

M. não chegou mais à escola ao raiar do dia e ainda por cima desenvolveu um amor pela capacidade de se atrasar. Mas tinha um pequeno segredo, uma espécie de acordo consigo mesma e compromisso mútuo aceitável. Colocava o despertador para as quatro, cinco horas da manhã, a hora extrema da noite, quando ela ainda parece não ter limites, e levantava-se sem demora, quase sem acordar. Até o rádio, que começava o programa matinal diário às seis, com os sons do hino nacional, estava calado nessa hora, como se não tivesse sido inventado. Os pais dormiam, confiando nela, crescida e independente. M. colocava embaixo d'água a cara amassada como o travesseiro, metia a escova no dentifrício, fritava um ovo para si, botava a meia-calça de lã, o vestido escolar castanho, o avental negro com asas. Depois disso, tendo cumprido honradamente seu dever e dado ao mundo hostil tudo que este dela exigia, M., assim como estava, de roupa e gravata de pioneira, voltava a mergulhar na cama, sob a coberta de algodão, no espaço aconchegante e familiar e lá dormia a sono solto até a hora em que já não era possível não despencar na escuridão exterior.

Ela não se pôs a operar nenhum desses truques agora, na manhã de domingo. Ao chegar ao quarto, na noite anterior, sequer acendeu a luz, lavou-se no escuro e deitou-se às apalpadelas, e o precoce alvorecer de verão surpreendeu-a em ação.

A ruidosa maleta azul ela deixaria ali, doravante teria que se deslocar de forma mais leve. Suas coisas, que mesmo assim já eram pouco numerosas, jaziam em cima da coberta, à espera de seleção.

Eis o que ela decidira não levar consigo, deixando a vida e o pessoal do hotel decidirem, já sem ela, como deveriam proceder com aquilo tudo:

O telefone, que seguia esperando ser finalmente carregado para que dessem atenção a todas as notícias e mensagens acumuladas. Ficara grande demais com a falta de uso, mas em compensação era possível mirar-se em sua superfície, como em um espelho negro. O carregador que pertencia à de cabelo curto ela deixara à parte, para não esquecer.

Seu livro na língua materna e o mesmo, em língua estrangeira, com breves fragmentos sublinhados a lápis e dois marcadores de papelão.

Um sutiã vermelho de renda comprado em uma loja boa para animá-la e fazê-la sentir-se jovem e sem-vergonha.

Um maço quase inteiro de cigarros com o retrato de uma família inconsolável na tampa; por algum motivo, parecia que não precisava mais daquilo, e mesmo que fosse um exagero (a alta e a de cabelos curtos fumavam desbragadamente, pelo visto era uma demanda da profissão), hoje seria melhor sem eles.

Um romance pego no caminho para se distrair e não aberto nenhuma vez, já que as diversões foram outras.

A chave do apartamento no prédio do lago, com uma plaquinha plástica azul numa argola de ferro.

As chaves do apartamento na cidade da qual ela partira havia um ano; elas eram muitas, todo um molho, e retiniam perplexas quando as apanhava no punho e soltava.

O passaporte com o nome, local de nascimento e fotografia biométrica de uma mulher nada jovem, cujo rosto exprimia uma indefinida prontidão embotada.

Uma bolsa branca e espaçosa feita do couro arrancado de um animal herbívoro pacífico e que ainda cheirava a ele, a seu sono, água e suor.

Uma caderneta com marcador de seda; as páginas de calendário estavam repletas de uma espessa caligrafia heterogênea e o verso, onde se pode escrever o que quiser, estava vazio.

Uma pluma branca apanhada como recordação, outrora felpuda, mas que se tornara achatada entre as páginas.

Um par de sapatos de gala que ainda podiam prestar – mas ela não contava com nenhuma solenidade.

A folha na qual o homem de olhos pálidos e grampos anotara para ela o número do trem e a hora de sua partida.

Seu próprio nome.

Numa sacola de pano com o emblema de um supermercado popular, ela enfiou o que servia: um segundo par de calças, três mudas de roupa de baixo, todas as que tinha, uma camisa ainda não usada na viagem, um estojo de maquiagem listrado – eis, ao que parece, tudo. Após pensar, meteu ali dois pirulitos turquesa para acrescentar a seus trastes algo de não funcional.

Embora fosse cedo, lá embaixo já pairava o aroma promissor de café e o bater de garfos e facas. Mas não tinha absolutamente vontade de comer, como se esse impulso tivesse ficado no quarto, junto com os livros e o telefone apagado para sempre. A porta, translúcida, sequer bateu e nossa heroína estava na rua vazia de domingo, sem carros nem pedestres, e a sacola leve com os trastes aderia ao seu flanco de forma confiante, sem recriminações.

Os cheiros aglomeravam-se em camadas, do mar soprava um vento salgado e lacrimoso, os pãezinhos recém-assados aguardavam quem os comesse, uma mulher de lenço no pescoço limpava uma vitrine, as calçadas estavam limpas, sem embalagens nem excrementos de pombos, ela caminhava a passo expedito e esportivo, primeiro pelas ruas centrais, depois por uma espécie de parque com trilhas de cascalho, um tanque e uma fonte alta que balançava, saudava e cumprimentava, embora não houvesse ninguém ao redor, e nós não nos deteríamos em vão.

Todavia, agora ela tinha tanto tempo que seria possível, caso quisesse, ir ao cais, que ainda não vira; isso seria até adequado, como na brincadeira infantil, em que o importante não é simplesmente chegar à parede, mas bater nela com a mão. Só que para quê?

No baralho do tarô, há mais uma carta notável cujo significado muda a cada vez que você olha para ela: sem pompa, chama-se *O Tolo*, isto é, o bufão, à moda antiga, e deveria como que significar novos começos e novas esperanças, mas, infelizmente, nem tudo é tão simples. O tolo com seu chapéu alto e guizos apenas saiu a caminho e dá passos largos, de olhos esbugalhados, abrindo a boca e olhando para tudo ao redor – distrai-se tanto com isso que sequer repara que o solo sob seus pés está cheio de covas e abismos; se tropeçar, cai. Mas por enquanto ele, desligado, consegue não ver o perigo; ademais, tem um bastão de caminhante, como a bengala de Peter Kon. Tem até dois, mais do que o necessário: um na mão direita e o segundo jogado no ombro e nele está pendurada, balançando, uma trouxa de pano com seus trastes. Assim caminha o tolo, para onde não sabemos, mas podemos acrescentar que ele, diferentemente de nós, não está sozinho no mundo e há uma criatura que o acompanha, não ficando nem um passo atrás.

Se contemplarmos atentamente o baralho, vemos que as cartas em que o homem compartilha a vida com um animal e se encontra tão íntimo que se pode dizer que entre eles ocorre uma relação, são ao todo duas. Nelas, as feras não estão uivando para a lua, sentadas na terra nua, não estão escondidas no canto da imagem, assinalando uma alegoria, não estão atreladas a carruagens como forças cavalares impessoais e funcionais, mas se encontram bem no centro, não há como contorná-las. Uma das cartas é a mesma em que a mulher ou abraça o leão, ou impede-o de condutas impensadas, e a segunda é o nosso tolo, pois, vá ele para onde for com seu alforje, é seguido por um animalzinho pequeno, que mal lhe chega aos joelhos, muito provavelmente um cachorro. Ele ergueu-se nas patas traseiras, agarrou as calças do outro com as dianteiras e não dá para entender o que está se preparando para fazer – morder ou acariciar. Mas, pelo visto, não dá para contorná-lo e, para onde quer que vamos, o cachorro está sempre ao lado, formando uma carne única conosco, um par inseparável, e nem sempre dá para entender em quem você deve se reconhecer ao olhar para o tolo: naquele que caminha sem saber para onde, sem se preocupar com nada, e sem precisar de nada, ou naquele que corre em seu encalço e se aferra a ele com as últimas forças. É uma carta desagradável e seria muito melhor que correspondêssemos à seguinte, onde é retratado não um vagabundo louco com guizos, mas um genuíno prestidigitador ou mago, que distribui seus bens em uma mesinha ambulante e está pronto para finalmente botar mãos à obra – mas, infelizmente, nem sempre isso dá certo da primeira vez, e acontece de não dar certo nunca.

À medida que se afastava do centro, era como se o vazio mudasse de cor, tornando-se mais inquietante, como se os habitantes tivessem abandonado a cidade, deixando os prédios de muitos apartamentos com espreguiçadeiras nas varandas saqueados, os contêineres de lixo nos pátios, os asilos de idosos, que ali eram abundantes, e seus decrépitos moradores, que não se prestavam a ser transportados. Numa dessas janelas brilhava, como uma cortina, uma velha de penugem grisalha em torno das têmporas, ela estava ereta e fitava de forma cega. Dali, já estava bastante perto a curva para a rodovia e o espaço cercado com cartazes e a tenda alta do circo. A., como ela agora se chamava, mudou a sacola de pano com os trastes de um ombro para o outro e acelerou o passo. Os pássaros chilreavam algo indistinto e nenhuma pessoa vinha nem na direção dela, nem atrás.

Ela virou, sabendo para onde, olhou do outeiro para a frente e para o lado – mas lá não havia nada, absolutamente nada. Isto é, claro que a via estava no lugar, assim como a calçada sob seus pés, o edifício comprido e branco à frente, a encosta verde e, atrás dela, o terreno baldio pisado, a terra exaurida e estéril fornecida a uma caravana de circo. Mas não havia mais trailers, nem tendas, sequer a cerca de lona, apenas a vastidão, nua como uma careca e de uma desolação pasmada. A. semicerrou os olhos, ainda sem entender, e a trote miúdo correu até lá pela trilha da erva ruiva, pelo terreno asfaltado diante do acesso, onde ficava a bilheteria, e ficou petrificada em frente ao banco largado e deitado de lado. O circo partira.

O que acontecera e por que Peter Kon quebrara sua promessa, ela não podia imaginar. Ela teria olhado agora para o relógio, tentando se assegurar de que não se atrasara e chegara, conforme o combinado, às sete, bem antes da hora marcada da partida, mas não tinha relógio, acostumara-se a determinar o tempo olhando para a tela, e não tinha mais telefone. Mas qual é a diferença, para falar a verdade, julgue por si mesma, querida A. Se você se atrasou por alguma casualidade absurda e irremediável, ou o dono do circo decidiu ir adiante sem você ou, se aconteceu uma terceira coisa, que obrigou leões, ginastas e ilusionistas a chispar repentinamente do lugar e se dissolverem sem deixar traços, não tem importância para a nossa história, e esclarecer em que trecho do caminho da ação ocorreu um erro já é decididamente impossível. A. fincou os pés no solo morto, pegou o banco pela ponta e puxou-o para si – agora, pelo menos, tinha onde se sentar. O ar ainda era escuro, fresco, mas a manhã se afirmava aos poucos; na área não restara nem lixo, tudo que lá houvera desaparecera sem despedidas nem suvenires. A um par de metros dela, é verdade, estava aquela mesma lata com bitucas, e A., curvando-se, deslizou até lá de gatinhas, revolveu as cinzas e escolheu a mais longa. O isqueiro estava no bolso, deu-se que ela não conseguira se separar de tudo de sua vida e, naquele momento, isso já não era tão ruim. A., a primeira letra do alfabeto, apertou os lábios no asqueroso cigarro usado, inalou a fumaça e soltou-a. Aproximou-se um cão sem dono amarelo de olhos amarelos, sentou-se no pó de um jeito que não ficasse muito perto, mas mesmo assim ao lado, depois pensou e deitou-se de banda, delicadamente olhando para além do homem.

0.

É possível, contudo, que a caravana estivesse à espera deles na esquina.

Este livro foi composto na fonte Sabon e impresso
pela gráfica Paym, em papel Lux Cream 80 g/m², para a
Editora WMF Martins Fontes, em março de 2025.